http://www.bbulmedia.com

BBULMEDIA

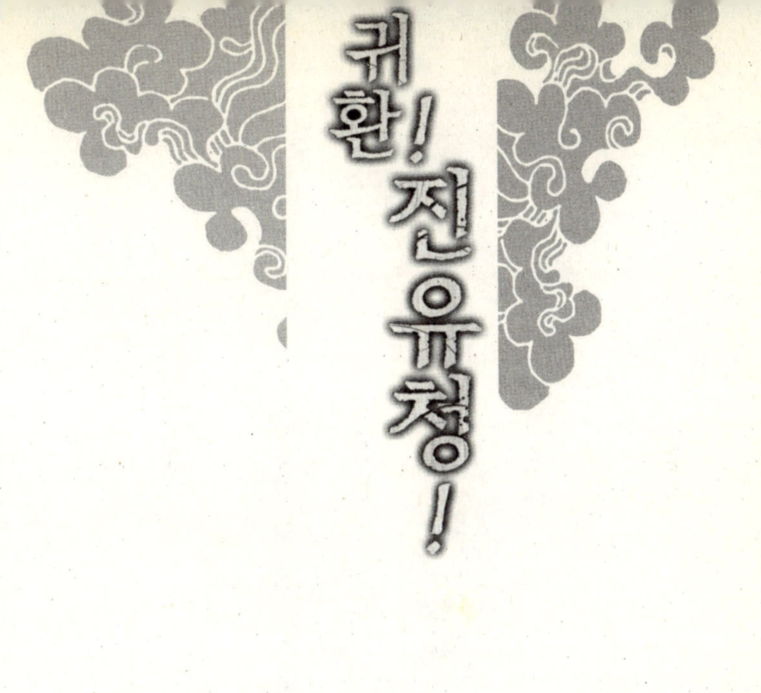
귀환! 진유청!

귀환! 진유청!

7

진유청, 당양지사! (當陽之事)

로토 신무협 장편 소설

뿔미디어

목차

第一章

길을 떠나기 전!

　오랜만에 진가장을 나선 진유청은 부지런히 움직여 금오상단의 정문 앞에 섰다.
　진유청이 고개를 들어 금오상단을 올려다본다.
　분명 작년에 왔을 땐 없었던 높은 건물이 들어서 있는 게 아무래도…….
　"와아… 그새 또 집이 살이 쪘네!"
　대체 상단주 어르신과 혜아는 집에 뭘 먹이기에 올 때마다 점점 더 불어 있을까?
　진유청 자신도 이윤 좀 남길 줄 아는 낚시꾼이긴 하지만 이런 쪽으론 확실히 금오상단주를 따라갈 수가 없다.
　"사람이 살이 너무 붙으면 주위에서 걱정을 하는데, 집

이 살이 붙으니 주위에서도 손가락 빨며 부러워하게 되는
군."

자기 얘기다.

진유청 자신이 어느새 검지 하나를 입에 물고 부럽다는
듯 금오상단을 올려다보고 있었던 것이다.

진가장도 언젠가 저렇게 비만 집이 돼야 할 텐데 하고 부
러워하면서.

"아, 맞다! 내가 이러고 있을 때가 아니지."

한수는 자기네 장문인을 모시고 도망 다니느라 죽을 고
비를 넘기고 있을 텐데…….

경비무사는 잠시 어디 갔는지 정문 앞이 비어 있었지만
문제될 건 없다.

어차피 금오상단은 들고 나는 이가 워낙 많은 곳인지라
해가 떠 있는 동안은 항상 정문을 활짝 열어 놓고 있었으니
까.

진유청은 아무런 거리낌 없이 익숙하게 발을 놀려 안으
로 들어갔다.

"진 공자님 오셨습니까?"

진유청이 자연스럽게 행동하는 만큼 그를 대하는 금오상
단 식솔들의 반응도 비슷하다.

오랫동안 그를 봐와서도 그렇지만 진유청이 자신들의 아
가씨와 어린 시절부터 특별한 사이였다는 걸 모르는 이가

없었으니 당연하다면 당연한 일.

"네. 상단주 어르신을 뵈러 왔습니다."

"상단주님께선 지금 창고에 계신데… 가서 공자님이 오셨다 전할까요?"

"아닙니다. 제가 가면 되지요."

과한 친절에 진유청이 고개를 젓더니 휘적휘적 걸음을 옮긴다.

진유청도 금오상단의 식솔들이 자신에게 베푸는 배려가 무엇에서 시작된 건지 잘 알기에 난감하다.

꼬리 아홉 달린 여우로 변신한 혜아는 왜 저들의 오해를 무작정 덮어 두고 있는 걸까?

"무슨 생각이라도 있는 건가?"

어떤 무시무시한 음모와 함정이 소용돌이치는 건 아닌가 하고 의심해 보지만 별것도 없는 자신한테 그럴 이유도 없고.

아무리 꼬리 아홉 개 달린 여우라 해도 여우치곤 사람의 도리를 잘 아는 혜아가 그럴 리도 없고.

하지만 묘하게 찜찜한 것이…….

설마 혜아, 요 여우가 형님에 대한 마음을 접고 진유청 자신을 좋아하는 건……?

"에이, 그럴 리가!"

자신이 한 생각이지만 말이 안 된다.

솔직히 말이야 바른 말이지.

여우같이 요사스러운 성격만 제외하면 얼굴 예쁘지, 머리 좋지, 셈 빠르지…….

단리혜는 딱히 흠 잡을 곳이 없는 소녀였다.

그에 비해 진유청 자신은 어떤가.

……으음, 내가 어떻지?

"그래! 내, 내가 어때서!"

말은 그리하지만… 솔직히 자신이 좀 찌질하고 궁상맞은 건 사실 아닌가.

남자답게, 부정하진 않겠다 이거야!

혼자 질문하고 대답하길 수차례. 다른 데 정신을 팔면서도 용케 헤매지 않고 창고에 도착한 진유청이 주변을 둘러본다.

"어디 계시지?"

창고 앞엔 제법 많은 사람들이 모여서 물건을 나르고 있었다.

그리고 때마침 단리종이 창고 안에서 아들인 단리석과 함께 걸어 나오고 있다.

"상단주님!"

진유청이 밝은 얼굴로 달려가 단리종 앞에 섰다.

"오오, 유청이 왔느냐. 안 그래도 네 형이 어젯밤 사람을 보내어 네가 찾아올 거라고 일러 주더구나."

이현 형님이?

위험하다고 가지 말라며 인상을 벅벅 쓰면서도 이렇게 미리 손을 써 두시다니.

얼음덩이 주제에 내숭 백단이라며 혀를 내두르던 자경이 형의 마음이 어느 정도 이해가 간다.

물론 그보다 더 형님의 따뜻한 배려에 감사하는 마음이 컸지만.

아, 나 철들었나 봐!

나이 먹으면 드는 게 철이 아니란 걸 깨닫는데도 꽤나 시간이 걸렸는데, 실제로 철이 들다니 놀랍다.

"이현 형님이 뭐라고 하던가요?"

진유청이 해맑게 묻자 단리종이 수염을 쓰다듬으며 대답했다.

"그래, 화산파 장문인과 함께 도주한 친구를 도와주러 갈 거라고 고집을 부릴 테니 절대 말려 달라 하더구나."

진유청이 자기가 제대로 들은 게 맞는지 의심하며 귓구멍을 검지로 후벼 판다.

……어째 다시 태어난 삶에선 자신보다 형님이 더 늦게 철이 드시나?

진짜 그렇지는 않겠지만 의혹이 이는 건 어쩔 수 없다.

말을 하다 말고 진유청을 힐끔 살펴본 단리종이 헛기침과 함께 다시 입을 연다.

"흐흠! 그랬는데도 불구하고 계속 고집을 부리거들랑 달라는 거 다 주고, 안 가져간대도 바리바리 싸서 모자란 것 없이 챙겨 보내 달라 특별히 부탁하더구나."

아아, 역시 우리 형님이 그렇지!

진유청이 다행이라는 듯이 고개를 끄덕이더니 눈을 게슴츠레 뜨고 단리종을 바라본다.

그가 자신을 놀려 먹으려고 중요한 얘기는 뒤로 미뤄 둔 채 간을 본 거라는 걸 깨달았으니까.

진유청의 뜨거운 시선에 단리종이 움찔하더니만 곧 눈가에 깊은 주름을 잡으며 허허, 웃는다.

하아. 어떻게 이 노인네는 나이가 들면 들수록 더 천진난만해질꼬?

같이 늙어 가는 처지에 이해를 하긴 해야겠으나…… 참…….

입맛을 쩝쩝 다신 진유청이 단리종에게 말했다.

"할아버지, 재밌으시죠?"

상단주님이라 부르는 게 보통인 진유청의 호칭이 친근하게 변하자 단리종의 눈이 휘둥그레지며 입이 헤벌쭉 벌어지다가…….

"맞아요. 그런 거라도 사는 낙이 있어야지요, 그죠?"

듣다 보니 왠지 요상타.

다 늙은 뒷방 노인네가 실없이 하는 장난질에 맞장구라

도 쳐주는 거 같은 그런 느낌이 든 거다.

"그게……."

단리종이 미간을 좁히며 진유청의 말을 받아치려 했지만 딱히 할 말이 생각나지 않는다.

옆에서 그 모습을 지켜보던 단리석이 끼어들었다.

"창고에서 나온 물건들의 숫자를 확인하셔야 하지 않으십니까?"

"그래야지. 유청아, 잠시만 기다려라. 급히 내보내야 할 물건들이니 금방 일을 처리하고 오겠다."

마침 잘됐다는 듯이 단리종이 잰걸음으로 짐을 옮기는 인부들을 향해 걸어간다.

단리석은 자신의 아버지가 손녀인 혜아를 제외하면 어린 아이를 그다지 좋아하지 않는다는 걸 알고 있다.

그럼에도 아버지는 유청이가 어린 시절부터 지금까지 저 아이를 특별히 대했다.

평소 깐깐하고 셈이 정확하여 아들인 자신도 대하기 어려운 분이 이상하게도 유청이 앞에서는 평범한 노인이 되는 것이다.

단리석은 못마땅한 눈초리로 진유청을 일별한 뒤 아버지를 뒤쫓는다.

"아저씨는 여전하시네."

진유청이 볼을 긁적이며 중얼거린다.

금오상단의 거의 대부분의 사람들이 진유청을 환영하며 배려를 아끼지 않는 반면 유독 한 사람이 그를 싫어했다.

"유청이 네가 자꾸 할아버지를 괴롭히니까 그렇잖아."

등 뒤에서 갑자기 들려오는 새침한 목소리에도 진유청은 그다지 놀라지 않았다.

보지 않아도 본 것처럼 주변의 기운이 느껴지니까. 이미 그녀가 자신을 향해 다가오고 있음을 알고 있었다.

"혜아, 너도 봤잖아. 놀림당한 쪽은 나라고."

"한 번 당하면 꼭 그 몇 배로 갚으면서 말은 잘하지."

혜아가 진유청 옆으로 다가와 쌜쭉하니 눈가를 치켜올리며 말한다.

"뭐, 당연한 거잖아?"

진유청이 어깨를 으쓱거리며 단리혜 쪽으로 고개를 돌리다 말고 깜짝 놀란다.

흰 얼굴에 복숭아처럼 생기 어린 두 뺨, 그리고 꽃물을 들인 것처럼 은은히 붉은 입술까지……. 이건 뭐…….

"왜 대낮부터 변신을 하고 그래?"

여우는 한밤중에만 변신해야 하는 거 아닌가?

"……무슨 뜻이야?"

단리혜의 표정이 심상치 않은 게 잘못했다간 또 아옹다옹하느라 한 세월 보내게 되리라.

"그냥. 화장이 심하게 잘된 거 같아서."

칭찬인지 아닌지 모를 묘한 말이지만 단리혜는 대충 알아서 듣기 좋은 말만 골라 들었다.

"원래 미모가 받쳐 주기 때문이야. 화장만으로 이 정도 얼굴이 나올 수 있는지 아니?"

……그러니까 변신이라고 한 거지.

진유청이 혀를 차면서도 입을 다문다.

단리혜도 더는 아무 말도 하지 않았다.

진유청이 발끝으로 흙을 툭툭 치며 홈을 판다.

단리종과 단리석은 여전히 물건을 확인하고 지시를 내리느라 바빠 보인다. 아직 일이 마무리되려면 먼 듯.

조용한 시간이 이어진다. 먼저 침묵을 깬 건 단리혜였다.

"하남을 떠난다며?"

"응. 친구 녀석이 곤란에 처한 거 같아서."

진유청은 별서 아니라는 듯, 옆 농네 마실 다녀오겠다는 얼굴로 얘기하지만 단리혜는 안다.

아니, 단리혜만이 아니라 무림의 동향에 조금이라도 관심이 있으면 누구나 다 알 이야기.

화산파의 대장로는 자신의 장문인이 화산 내에서 입지를 다지기 위해 타 문파를 끌어들이는 중죄를 저질렀고 그 증거를 갖고 있다고 했다.

대장로는 그것을 빌미로 소운찬을 장문인 자리에서 끌어내려 단죄를 하려 했지만……

대장로가 각별히 아끼던 애제자가 그를 배신하고, 장문인을 구해 내 함께 도주하고 있다는 일대 사건!

"꼭 가야 해?"

단리혜는 물어보면서도 자신이 원하는 대답을 들을 수 있을 거라 기대하진 않는다.

하지만.

"아니."

전혀 예상치 못한 대답에 단리혜가 진유청을 올려다본다.

"안 가도 돼. 아침까지 자다가 형수님이 깨우면 마지못해 일어나서 식구들과 밥 먹고, 점심때까지 내내 농땡이 피우다 책 몇 장 읽고 형님과 검 몇 번 부딪치고 나면 저녁 시간……. 그리고 아버님과 수다 떨고 나면 이미 잘 시간이니……."

너무너무 바빠!

다른 일에 신경 쓸 틈이 없이 시간이 너무 빨리 가고, 아쉬워. 아까워.

행복하니까.

이렇게 시간을 보낼 수 있다는 거 자체에 너무 만족하니까.

"그럼 안 갈 거야?"

눈을 동그랗게 뜬 단리혜가 윗니로 아랫입술을 살짝 깨문다.

이젠 거대한다.

그러나 진유청은 단박에 그녀의 기대를 산산조각 냈다.

"그건 아니고."

진유청의 대답에 신경질이 난 단리혜의 아랫입술이 윗니에 세게 짓눌리며 한층 더 붉은빛을 띤다.

"뭐야! 이랬다가 저랬다가!"

"안 가도 돼. 내가 안 간다고 한수 그 녀석이 날 원망하지도 않……을 거고."

원망하지 않을 거란 대목에선 확실히 자신이 있는 건 아닌지 잠시 고민하지만 그래도 진유청은 제대로 말을 끝맺었다.

단리혜는 여우답게, 진유청에게 휘둘리지 않으려고 속에서 치민 화를 내색치 않으려 애쓴다.

앙큼하게 닫힌 입술이 일자로 당겨져 볼을 누르자 깊게 파인 보조개가 드러나 그녀를 한층 어려 보이게 만든다.

두 살 많은 혜아가 진유청 자신보다 다섯 살은 어려 보이는 순간이다.

하긴, 전의 삶과 다시 태어난 삶을 모두 합치면 꽤 많이 어린 게 사실이긴 하니까.

아닌 척하면서도 자꾸만 뿌루퉁하게 튀어나오려는 그녀의 입술이 귀엽다 생각하며 진유청이 얼른 말을 덧붙였다.

저 입술이 귀엽다 못해 무섭게 변해 얼음가루 휘날리는

생소리를 뱉어 내기 전에 말이다.

"그러니까 혜아 네가 다른 방법 있으면 나 좀 가르쳐 줘라. 문제만 해결되면 꼭 내가 갈 필요는 없는 거잖아. 아버님과 형님도 걱정하시고 형수님은 우시고……."

진유청이 떠나겠다고 했을 때 진가장의 분위기가 어땠을지 같이 있진 않았지만 단리혜에게도 너무 실감나게 느껴졌기에 그녀가 마른침을 꿀꺽 삼켰다.

그녀도 진가장 식구들이 더 나아가 동심회 사람들이 진유청을 얼마나 각별히 생각하는지 잘 알고 있으니까.

하긴, 하다못해 자신도 제 감정을 잘 표현하지 않았던 다른 때와는 달리 그를 붙잡으려 하지 않는가.

"에휴휴휴. 사실은 나도 웬만하면 안 가고 싶은 데, 한수 그 녀석이 성질이 하도 지랄 맞아 놔서 친구가 별로 없어요."

기껏 해 봤자 진유청 자신과 나채환, 권오경 정도일 텐데…….

하나는 나랏일 한다고 바빠, 다른 하나는 무림맹 소속 스승님을 두어 운신의 폭이 좁아.

어쩌겠나.

그나마 자유로운 자신이라도 뛰어가 봐야지.

진유청의 엄살에 단리혜가 결국 피식 웃고 만다.

진유청이 일부러 장황하게 얘기를 늘어놓은 까닭이 짐작

이 갔기 때문이다.

유청이가 안 갔으면 하는 자신의 마음이 얼굴에 그렇게 티가 많이 났나?

혜아가 한 손을 뺨에 갖다 대며 눈을 내리깐다.

유청이는 종종 혜아 자신을 여우라 부르며 호들갑을 떨지만 진짜 여우는 자기가 여우인지도 모르게 한다는 걸 그는 아직 모른다.

혜아가 손가락을 꼽아 보며 진유청이 하남 진가장으로 돌아와 지낸 시간을 세어 본다.

"딱 삼 년이구나."

어릴 때부터 온갖 사건 사고를 몰고 다니며 하남을 들었다 났다 하고, 무림에 알게 모르게 큰 영향을 미쳤던 그가 진가장에 잠들어 있던 시간이다.

그 삼 년 동안 겉보기로는 평화로웠던 무림의 내부는 각 문파의 이해관계가 엉키고 꼬여 갈등이 심화됐고, 연이상단의 도의를 무시한 세력 확장으로 인해 상계 또한 어려움이 많았다.

그리고 자신들의 동심회는 조용히 제 할 일에 충실하며 서서히 자리를 잡기 시작한다.

누군가는 썩어 들어간 속에 고름이 차고, 또 다른 누군가는 숙성돼 발전하는 시간이 된 삼 년.

이제 진유청이 기지개를 폈으니, 모두가 깨어날 시간이

된 듯.

"유청이 네가 사고 안 친 지가 벌써 그렇게나 됐으니 다들 기다리고 있긴 하겠다."

가슴 두근두근하면서.

이번엔 또 어떤 일이 벌어질지 기대하며, 혹은 속을 부글부글 끓이면서.

단리혜 자신은 진가장에 가면 항상 졸린 눈을 하고 자신을 바라보는 유청이가 있어 참 좋았지만…….

변화를 바라고, 이 아이의 성장을 기다리던 사람들에겐 어쩌면 지루했을지도 모르는 시간이었겠구나 하는 생각이 든다.

"누가 들으면 내가 무슨 사고뭉치인지 알겠다."

진유청이 하는 말에 단리혜가 정색을 하며 고개를 끄덕였다.

"아닌지 알았어? 이번만 해도……. 아, 아니다. 내가 말을 말아야지."

"쩝…… 나도 알아. 동심회의 중심인 진가장 소속인 내가 화산파의 일에 끼어들었다가 잘못되면 어떤 결과를 초래할지. 아니까 형님도 절대 나서시지 못하게 한 거고, 형님께서도……. 속상해하시면서도 어쩔 수 없이 물러나신 거지."

그러니까 아주 신경 쓸 거다.

아무리 자신이 진가장의 행사와는 상관없는 일이라 해도 자기들의 판단이 진실이라 믿는 놈들 앞에선 소용없을 테니까.

"다른 생각은 말고 그냥 몸조심하면서 잘 다녀와."

단리혜가 깔끔하게 마무리를 한다.

언젠가부터 자기가 누나라며 빽빽 우기지 않게 된 혜아가 눈가를 새치름히 휘고 있다.

진유청이 저도 모르게 그녀를 빤히 바라봤다.

예전엔 자신이 올려다봐야 했고, 그 다음엔 눈높이가 비슷했는데 지금은 혜아가 더 작다.

윤기 흐르는 검은 머리카락을 곱게 빗어 넘겨 생긴 가르마를 따라 머리를 쓰다듬어 보고 싶은 건…….

요 여우 녀석이 자신보다 작아져서 귀엽게 느껴지는 걸까?

작은 동물이 사랑스럽게 보이는 것처럼.

근데… 내가 동물을 좋아했던가? 대체 언제부터?

자신은 취향이 독특해서 용이 될 물고기라든지, 날개를 달 호랑이라든지 아니면 천마가 될 개라든지……. 이런 쪽으로만 애정이 특화돼 있는데 말이다.

하긴 따져 보면 단리혜도 꼬리가 아홉 개는 달린 여우이니 특이하다면 특이한 건가?

진유청이 저도 모르게 손을 올려 단리혜의 머리를 부비

거리려다 멈칫한다.

헉! 내가 무슨!

이 손이 미쳤나? 빨리 도로 안 내려 가냐?

진유청이 반쯤 들어 올린 손을 내리지도 못하고 그렇다고 마저 올리지도 못한 채 째려본다.

단리혜가 그런 진유청을 향해 도도하게 턱 끝을 치켜올리며 말했다.

"쓰다듬어도 돼."

진유청이 단리혜와 제 손을 번갈아 가며 본다.

"특별히, 유청이 너만 할 수 있는 거야."

주저하는 진유청에게 선심을 베풀어 그의 마음을 편하게 해 주지만 그는 여전히 주저한다.

단리혜가 더는 재촉하지 않고 바닥을 향해 시선을 내리깔고 가만히 기다린다?

진유청이 어이가 없다는 듯이 그녀를 내려다봤다.

……어이, 어이. 이건 여우가 아니라 주인에게 쓰다듬어 달라고 머리를 들이미는 고양이 같잖아?

아닌 게 아니라, 슬그머니 발끝을 세우는 단리혜로 인해 진유청의 턱 밑쯤 닿았던 그녀의 머리가 이젠 코밑으로 올라섰다.

향긋한 냄새가 진유청의 코끝을 스친다.

열아홉이라.

아직 어리다. 한껏 생기를 품고 세상에 향기를 뿜어낼 때.

오롯이 홀로 아름다울 수도 있겠지만, 마음만 먹으면 한 남자의 여인이 되고 한 아이의 엄마가 될 수도 있는 시작의 때.

예전엔 올려다봐야 했던 단리혜의 시선이 점점 자신과 비슷해지더니 이젠 자신이 그녀를 내려다보게 됐다.

그녀가 나이를 먹는데도 작아지는 건, 진유청 자신이 더 빨리 더 많이 자랐기 때문이다.

하지만 그녀는 언제까지나 진유청에게 어린 누이다.

진유청이 피식 웃으며 그녀의 머리 위에 손을 얹고 쑤석 거렸다.

마치 그의 아버지가 그에게 해 주었던 것처럼.

단리혜는 자신의 머리를 헝클이는 손끝에서 느껴지는 감 정이 자신이 원하는 종류가 아니란 게 맘에 안 든 모양이 다.

단리혜가 꼬리 하나를 위 아래로 휘저으며 땅바닥을 탁 탁 내리친다.

"잘 갔다 올 테니 기다리고 있어. 내가 밖에 나가서 혜 아한테 어울리는 괜찮은 녀석 있나 두 눈 크게 뜨고 찾아볼 테니까."

탁! 탁! 탁!

진유청의 농이 섞인 진담에 단리혜의 꼬리 아홉 개가 번갈아 가며 땅바닥을 두들겼다.

아주, 아주 마음에 안 든다는 의사 표현이겠지만, 아쉽게도 진유청에게는 보이지 않는다.

"내 일은 내가 알아서 잘할 테니, 유청이 너나 밖에 나가서 이상한 언니들하고 엮여서 고생하지 말아! 알았어?"

단리혜가 빽 소리를 지른다.

그녀가 언성을 높이자 귀가 따가웠는지 진유청이 인상을 찡그린다.

그리고 손사래를 치며 말도 안 된다는 듯이 대답한다.

"언니들과 얽혀서 고생할 게 뭐 있어. 그래주면 나야 그냥 감사할 따름이지."

진유청은 너무 솔직했다.

이런 때의 진실이란 건 언제나 핍박 받는 법이라는 진리를 무시한 거다.

"이이……! 그냥 언니들 말고 이상한 언니들!"

"그럼 안 이상한 언니들은 괜찮나?"

유청이의 저 얄미운 표정! 못된 입!

유청이에겐 미모도 재력도, 하다못해 눈물도 통하지 않는다는 걸 그동안의 경험으로 습득한 단리혜는 성질을 부려 봤자 어차피 본전도 못 찾는 다는 걸 알지만…….

그래도 자신이 한 말의 꼬리를 잡아 툭툭 되돌리는 말들에 너무 약이 올랐다.

"에휴, 이제 다 큰 아가씨 머리가 이게 뭐야. 엉망이잖아, 가만히 있어 봐."

자기가 헝클어트려 놓고 무슨 소리래?

하지만……. 흐트러진 머리를 매만져 주는 손길이 극히 조심스럽고 부드러워 단리혜의 기분을 풀어 준다.

이게 유청이의 대단한 점이다.

별거 아닌 행동으로도 최대한의 효과를 불러오는 거다.

노력 대비 얻는 것에 대한 효율이 이 정도면 거의 사기 아닌가?

그는 이렇게 하루에도 몇 번씩 단리혜를 약 오르게 했다가 화가 나게 했다가 결국은 웃게 했다.

"상단주님 일이 끝나셨나 보네."

진유청이 단리혜의 머리에서 손을 떼며 단리종이 있는 곳으로 시선을 돌린다.

"유…… 청아……."

그는 단리혜가 미처 잡기도 전에 후다닥 뛰어 단리종에게로 간다.

"악덕 장사꾼!"

단리혜가 투덜거렸다.

어린 시절부터 또래 아이들과는 달랐던 진유청은 자라서도 그렇다.

모든 게 빨랐던 녀석이 왜 남녀의 사랑에 대해선 담백하다 못해 너무 장난스러워, 오히려 외면하는 듯 보일까.

그런 유청이가 자라나길, 사랑은 머리로 하는 게 아니라 가슴으로 다가가는 거라는 걸 알게 되길 그녀는 바랐다.

하지만 그렇다고 해서 아무 준비도 돼 있지 않은 그를 재촉할 마음은 없다.

자연스럽게… 물이 위에서 아래로 흐르는 것처럼.

다만 너무 늦지 않기를 바랄 뿐. 스쳐 지나간 바람은 다시 돌아와 주지 않으니까.

그녀는 그가 다가오길 기다리는 동안의 시간 동안 초조해하며 안달복달하기 보다는 자기 자신을 위해 투자를 아끼지 않을 작정이다.

"오늘 할 일이 얼마나 많은데 이러고 있으면 안 돼, 혜야. 나는 나 자신을 위해 멋진 여자가 돼야 하잖아?"

단리혜는 자신의 감정이 사랑에 목을 매 질질 끌려다니는 게 아니라, 자신이 중심을 잡고 사랑을 향해 두 팔을 벌리고 싶다.

자신은 그가 봐주길 바라서 꽃이 되려는 게 아니라, 꽃이 아름답기 때문에 노력하는 거니까.

나 자신을 위해서.

"나중에 이렇게 예쁜 꽃이 곁에 있는데도 몰라봤다고 후회해도 소용없어. 그땐 꽃만 크고 화려한 게 아니라 가시도 단단히 여물어 아프게 찌를지 몰라.”

　한 번 더 보고 싶은 마음을 꾹 누른 단리혜가 깔끔하게
등을 돌린다.

　한 번 보면 두 번 보고 싶고, 두 번 보면 핑계를 만들어
할아버지 곁으로 가서 유청이와 얘기를 더 나누고 싶어질지
도 모르잖아.

　단리혜는 그에게서 몸을 돌린다.

　자신의 뒷모습은 분명 아주, 아주 예쁠 거다.

　얼른 봐봐. 난 자신 있다니까?

　단리혜는 상큼하게 입가를 올리면서 사뿐히 발을 내딛었
다.

　단리종과 이야기를 나누던 진유청이 달랑 떨어트려 놓고
온 단리혜를 힐끔 바라봤다가 고개를 돌리지 못한다.

　“유청아?”

　단리종이 애길 하다 말고 다른 곳을 바라보는 진유청을
부르다가 말고 그가 보고 있는 쪽으로 시선을 준다.

　“내 손녀딸, 예쁘지?”

　“예쁘지요.”

　하여간 건망증도 갈수록 심해지시고…….

　볼 때마다 몇 번을 물어보시는지, 이젠 저 질문이 나오면
생각하지 않아도 벌써 입에서 답이 튀어나온다.

심드렁하게 대꾸하는 진유청을 향해 단리종이 너스레를 떨었다.

"요즘 여기저기서 하도 중매가 들어와 귀찮을 정도란 다."

"중매라니요? 자기 신랑감은 자기가 선택해야지요. 괜히 싫다는 애 등 떠밀었다가 나중에 원망 듣지 마시고 그냥 알 아서 하게 두세요."

단리종이 무슨 의도로 하는 말인지 모를 리 없는 진유청 이 한 발 깊숙이 담그지도 않고, 그렇다고 완전히 뒤로 빼 지도 않은 채 말한다.

언젠가 때가 돼 혜아가 자신들은 아무 사이도 아니라 부 정한다면 그때 진유청 자신이 나서면 된다.

모든 게 어른들의 기대이자 상상인 거지, 우린 좋은 친구 사이일 뿐이라 눙칠 거다.

하나 당장은 단리혜가 침묵하고 있으니 그녀의 속뜻이 무엇이건 간에 진유청은 존중해 줄 생각인 것이다.

"유청이 넌……."

단리종이 뭐라 말하려는 순간, 진유청이 그의 말을 잘랐 다.

"상단주 어르신. 저 맨몸으로 가요? 아니면 뭐 좀 챙겨 주실 거예요?"

"그래. 뭐 갔다 와서 이야기하자꾸나. 멀리 떠나는 길인데 오래 붙잡아 둘 수도 없는 노릇이고."

단리종이 고개를 끄덕이며 순순히 물러난다.

대신 다녀와서는 이 일에 대해 확실히 매듭을 져야겠다는 듯 못을 박았다.

단리석은 자신의 너무나 잘난 딸이 뭐가 부족해 이렇게 밀어붙이듯 해서까지 진유청과 짝을 지어 줘야 하나 싶지만 아버지의 말에 반박할 수 없어 가만히 참는다.

진유청은 따가운 시선을 보내는 단리석에게 어색하게 웃어 보이지만 그는 고개를 휙 돌렸다.

"자, 자. 그만하면 됐다. 그 마음을 내가 왜 모를까. 하지만 이 아비 하는 일 중 무엇 하나라도 금오상단과 혜아에게 해될 일이 있더냐."

단리종이 아들을 달랜다.

단리석은 어렵기만 하던 아버지가 다른 이도 아니고 그토록 귀여워하시는 유청이 앞에서 제 편을 들어 주니 굳은 안색이 풀린다.

"네. 알고 있습니다."

말수가 많은 편은 아닌지라 크게 기분을 드러내진 않았지만, 한결 누그러진 분위기의 단리석이 진유청의 어깨를 두드린다.

"딸 가진 아비 맘이란 게 다 이런 거니 너무 마음에 두지 말게나."

……어마, 이 아저씨 보기보다 더 뒤끝 있으시네?

진유청의 어깨를 두드리는 손에 잔뜩 힘이 들어가 있었던 거다.

"네에. 저는 괜찮으니 신경 쓰지 마십시오."

진유청이 슬쩍 단리석의 손등 위에 자신의 손을 올린 뒤 제 어깨에서 떼어 낸다.

파지직!

진유청과 단리석 사이에 불길이 튀겼다.

"우리 유청이가 먼 길을 가는데 뭘 챙겨 줘야 하나?"

단리종이 둘의 기 싸움을 모르는 척 외면하며 품에 손을 넣고 뒤적인다.

마음 같아선 금오상단의 호위대라도 있는 대로 다 붙여 주고 싶다.

도움이 될 걸 베풀어 달란 진이현의 청이 아니었어도 단리종은 유청이를 위해서라면 금오상단을 반으로 쪼개어 내놓을 수도 있었다.

만약 유청이 요 녀석이 거절하다 지쳐 빈손으로 튀어 버릴 가능성만 없었어도 말이다!

무림학관 행이나 북경으로의 가출과는 비교도 안 되게 위험한 이번 강호행을 허락한 진가장의 두 부자가 원망스러워지는 순간이다.

아직 남인 자신보다야 유청이와 핏줄이 이어진 그들이야

말로 훨씬 더 똥줄이 타고 애간장이 녹을 걸 알지만, 반대
로 말하자면 단리종 자신의 말은 통하지 않을 유청이가 그
들의 말은 들어줄 수도 있는 노릇 아닌가?

하여간 진가장 식구들은 유청이에게 너무 무르다.

안 된다고 하면서도 결국은 녀석 하고픈 대로 다 해 주고
야 마는 걸로 봐선.

말로만 호랑이에, 얼굴만 얼음덩이면 뭐하냐 이 말이다.

"회주도 참. 그냥 이불 뒤집어쓰고 죽는다고 앓아눕지.
이현이 그 녀석도 그래. 그냥 대련 한 번 해서 다리몽둥이
를 그냥 콱!"

"콱! 부러트려 버리지 말이에요. 그죠?"

저도 모르게 혼잣말을 해 버린 단리종에게 얼굴을 들이
대며 진유청이 받아친다.

"흠, 흠. 옛다. 이걸 가져가거라."

단리종이 얼른 품에서 뭔가를 꺼내 자기 얼굴을 가린다.

어린아이 주먹 정도 되는 크기의 금색 패에는 양각으로
금(金)이란 글자가 새겨져 있고 꼭대기 부분에 튀어나온 작
은 돌기에 연두색 수실이 매어져 있었다.

금을 쌓아 놓고 살 단리종이 팔아서 여비에 보태 쓰라고
주는 건 아닐 테고, 아마 금오상단과 연계된 곳에서 도움을
얻을 수 있는 증표이리라.

진유청은 크게 고민하지 않고 그가 내민 패를 받아 들었다.

동심회 소속 사람이야 함께 다니면 너무 눈에 띌 테니 곤란하지만, 돈이야 마련해 주머니에 넣고 다니면 될 일.

게다가 이마저 거절하면 당장 진가장에 연락을 넣어 아버지와 이현 형님이 뛰어오게 만들고도 남을 분이 바로 상단주 어르신이다.

그래도 공짜로 받을 수야 없지.

이게 다 빚인데 말이다, 그것도 진유청 자신을 담보로 한.

"이건 외상으로 진가장에 달아 놓으세요."

진유청이 씨익 웃으며 하는 말에 단리종이 진지하게 되묻는다.

"정말이냐? 잘못했다간 진가장이 통째로 금오상단에 먹혀야 할 판인데."

단리종의 말에 진유청이 손에 들고 있는 패로 시선을 내린다.

……아주 비싼 거였구나.

이현 형님께서 진가장을 일으켜 세우시길 기다릴 필요도 없이 그냥 이거 하나 들고 나르면 편안한 노후가 보장되겠는데?

노, 농담이긴 한데…….

쓰읍!

침은 왜 자꾸 나오는 거지?

손등으로 흐르는 침을 닦아 낸 진유청이 패를 다시 단리
종을 향해 내밀었다.

"잃어버렸다간 패가망신 할 거 같은 귀물을 손에 쥐고
무서워서 어떻게 나다닙니까?"

"괜찮다. 연두색 수실이 달려 있지 않느냐. 패에 쓰인
글귀와 수실의 색으로 준 사람과 받은 사람을 대강 짐작할
수 있단다. 그러니 간단한 문답과 확인 과정을 거치면서도
패의 진짜 주인인지 진위여부를 가려낼 수 없다면 금오상단
소속 상인의 잘못이 일차 원인이니 유청이 네 실수를 탓하
진 않을 거다."

역시나 첫 손가락에 꼽히는 상단의 상단주다운 자부심과
일처리다.

"네 형인 이현이에게도 수실의 색이 붉은 패를 선물로
주었으니 너도 마음 편히 가져가거라."

"형님께도요?"

허어! 이렇게 좋은 걸 말도 안 하고 자기 혼자 꿀꺽했단
말이야, 형님?

진유청의 눈이 심술 맞게 쭉 째지자 단리종이 고개를 끄
덕인다.

"그래. 갖고 다니진 않는 모양이지만 그래도 사양했던
것에 비하면 아주 유용하게 쓰고 있더구나."

"갖고 다니지도 않는다면서 어떻게 유용하게 써요?"

패를 보여 줘야 일단 금패의 주인임을 알릴 수 있지 않은가.

"그게 금패를 가지고 다니지 않아도 딱 보면 진가장 첫째 진이현이란 걸 알아보겠다고 하더구나. 그냥 서 있기만 해도 후광이 비친다나 뭐라나, 껄껄!"

단리종은 이현이는 역시 뭐가 달라도 다르다며 너털웃음을 터트렸다.

그러나 제 손에 들린 금패와 단리종 자신의 얼굴을 번갈아 가며 바라보는 진유청을 발견하고 벌렸던 입을 급히 다문다.

그리고…….

"……유청이 너는……. 꼭 금패를 들고 가야 한다."

다 너를 위해 하는 소리다, 라는 뒷말은 굳이 하지 않았어도 모여 있는 세 사람 모두가 마음으로 느낄 수 있다.

"네! 그러게요! 저는 딱 봐도 알아먹기 힘들게 생겼지요? 하. 하. 하!"

이런 씨바!

얼굴에 금테 두른 것도 아니고, 후광이 웬 말이며 딱 봐서 알아먹게 생긴 얼굴은 도대체 어떻게 생겨 먹어야 되는 얼굴인데?

그래, 나 평범하다, 평범해!

흐윽……. 하마타면, 다시 태어난 후 잠잠해졌던 형님

미워가 다시금 발동할 뻔했다.

나이 열일곱 먹고는, 아버지한테 뛰어가서 형님은 왜 그렇게 잘나게 낳고 나는 이 모양이냐고 버럭버럭 신경질을 냈다가는…….

저번처럼 당신이 낳은 게 아니라며 먼 산만 바라보시겠지?

"네 형은 그래도 앞으로 동심회주가 될 사람이니 상단 식솔들에게 잘 설명을 해 놔서 다들 한 번에 알아본 거지. 너와 아주 많……은 차이가 있어서 그런 건 아니니 실망하지 말 거라."

그 많……은 차이가 없다고 할 때의 잠시 멈춤이 더 기분 상하걸랑요?

"설마 진가장 첫째는 찬바람이 쌩쌩 부는 분위기에, 아주 잘생긴 눈이 두 개, 코가 하나, 입이 하나라고 설명하신 건 아니겠지요?"

그리고 진가장 둘째인 자신은 거기서 찬바람이 쌩쌩 부는, 과 아주 잘생긴, 만 빼고 설명했다든지.

진유청이 더 말해 봤자 뭐하나 싶어 대충 덮고 넘어가려 농을 툭 던지지만.

"서, 설마 그랬겠느냐."

단리종이 수염을 쓰다듬으며 자꾸만 시선을 회피하는 게 영 의심스럽다.

하나 금오상단쯤 되는 상단의 주인 되시는 분과 그분이 역정 내지 않고 농을 섞어 얘기를 할 정도 안에서 일처리를 한 수하들이니 뭔가 다른 수가 있었겠지.

그나저나 우리 이현 형님 대단한데?

금패도 없이 금오상단 관련 점포에 찾아가서 얼굴만 내밀고는 돈을……?

으응? 생각하다 보니 조금 느낌이 묘한 게…… 이건 꼭…….

동네 파락호들이 자기 구역 돌며 돈 뜯는 거 같은 느낌이 든다.

쉽게 말하자면 보호비 뜯기 내지는 강탈?

하나 진유청 자신이라면 충분히 그러고도 남지만 이현 형님은 절대 그럴 수 있는 사람이 아니다.

할 수 있지만 하지 않을 뿐인, 선택의 문제가 아닌 것이다.

"이현이는 각지에 세워져 있는 휘하 상단들에게서 정보를 얻어 유용하게 사용하더구나. 유청이 너도 전할 말이 있으면 들리고, 혹시 네 아버지가 전할 말이 있다고 하면 알려 놓을 테니 다른 볼일이 없더라도 인근에 있는 점포로 가 보도록 하여라."

역시나. 자신의 예상이 옳았단 걸 확인시켜 주는 단리종의 말에 진유청이 고개를 끄덕였다.

"알겠습니다. 지나가다 있으면 잊지 않고 한 번씩 들릴 테니 너무 걱정하지 마세요."

"지금쯤이면 밖에 네 형의 친구들이 와 있을 게다. 가보거라."

오자경과 장웅을 자신에게 딸려 보내는 것도 아침에 갑자기 생각해 낸 게 아닌 듯.

어쩐지 자경이 형이면 몰라도 웅이 형의 본가는 이곳이 아닌지라 당장 연락한다 해도 시간이 안 맞을 텐데 하고 의아했던 참이다.

처음부터, 진유청이 고집을 피워 결국 가고야 말 거라 여겨 착실히 준비를 해 놓고서도 어떻게든 잡아 두려 했던 진이현의 마음이 느껴진다.

"진가장을 잘 부탁드립니다."

"그래. 남겨 둔 이들은 신경 쓰지 말고, 훨훨 날고 돌아오너라."

단리종이 작별 인사를 했다.

第二章
가자!

“아, 친구 동생 하나 잘못 둔 죄로 이게 뭐냐.”

금오상단 정문 앞에 쭈그리고 앉아 있는 오자경이 신경질을 박박 낸다.

“그래도 어쩌겠냐. 유청이는 우리 동생이기도 하잖아.”

장웅의 말에 오자경의 눈꼬리가 휙 하고 치켜올라간다.

“정말 우리 동생이기도 한 거야?”

진짜? 진짜?

오자경의 눈에서 빛이 번쩍인다.

“……아, 아니! 아무래도 아닌 거 같아. 유청이야 누가 뭐래도 이현이 동생이지. 우리랑은 피 한 방울 안 섞였잖아.”

장웅이 다급히 자신이 방금 전 한 말을 부정했다.

사내가 한 입으로 두 말하면 안 되지만…….

오자경의 눈빛으로 보건대 그는 유청이가 제 동생이었다면 당장 끌어다가 앞에 처박아 놓고 두들겨 팼을 게 분명하니 어쩔 수가 없었다.

"쳇!"

영악한 곰 새끼 같으니라고!

오자경이 손마디를 우두둑 꺾으며 아쉬워한다.

위험에 처한 친구를 구하러 가겠다는 유청이의 마음은 갸륵했으나 그래도 이건 아니지.

의지를 세우려면 그에 따르는 반대급부도 확실히 체감해야 하지 않겠나?

이현이나 진장주님께서 이런 상황에 유청이를 두들겨 패며 말리시지도 않았을 테고…….

만약 오자경 자신이 이런 경우였다면 자신의 아버지는 자신의 다리몽둥이를 부러트리려 드실 테고 자신은 충분히 맞아 드린 뒤 절룩거리면서 길을 떠났을 거다.

그러니 유청이도 그 정돈해야 하는 거 아닌가?

오자경이 아쉬움에 입맛을 쩝쩝 다셔댄다.

강수는 이제 사부인 자신 앞에서도 본성을 감추지 않는 오자경을 보며 피식 웃었다.

처음에 제자로 받아 달라고 매달릴 때는 어찌나 살랑거

리며 예의 바르게 행동했는지…….

아마 강수 자신에게 잘 보이려, 저 성질을 억누르느라 속이 고생 꽤 했을 듯싶다.

"사부님, 정말 괜찮으시겠습니까?"

자신들이야 친구 동생 잘못 둔 죄가 있으니 기꺼이 고생을 해야겠으나 사부인 강수까지 말려들 필요는 없었다.

오자경이 걱정스레 묻자 강수가 호쾌히 대답한다.

"내 제자의 친구의 동생이라면, 내게도 마찬가지다."

제자의 친구의 동생이라.

"그리 말하니 꽤 먼 사이 같습니다, 사부님."

"그런 거 같기도 하고."

강수가 동의하며 제자의 옆에 털썩 주저앉는다.

"우리 그냥 확 가 버릴까요?"

"그건 좀 아닌 거 같기도 하고."

세 사람은 옹기종기 모여 앉아 진유청이 나오길 기다렸다.

금오상단의 정문을 드나드는 이들이 그들을 이상한 눈길로 바라보지만 개의치 않는다.

오자경은 원래 자잘한 것에 신경 쓰는 성격이 아니고, 강수는 낭인으로 떠돈 기간이 길어 얼굴이 두꺼운 탓.

장웅 또한 오자경이나 진이현처럼 워낙 눈에 띄는 녀석들과 자주 다니다 보니 이런 시선 정도는 익숙하다.

　그러니 다행이라면 다행히도, 세 사람은 자기네 집 앞마당이라도 되는 듯 편안한 몸과 마음으로 햇볕을 쬘 수 있었다.

　"어라라라?"

　정문에서 나오던 진유청이 그런 세 사람을 보고 깜짝 놀란다.

　"욘 석아, 뭘 그리 놀라. 사람 처음 봐?"

　고개를 삐딱하게 튼 채, 진유청을 올려다본 오자경이 시비를 건다.

　"뭐… 사람이야 많이 보지만……."

　남의 집 정문 앞에서 햇볕 쬐며 반쯤 드러누운 성인 남자 세 명을 한꺼번에 만나기란 쉬운 일은 아닐 테니.

　"많이 컸네!"

　부스스 몸을 일으킨 장웅이 진유청에게 인사를 건넨다.

　집이 가까워 자주 얼굴을 본 오자경과는 달리, 장웅은 재작년 생일 이후 처음 본다.

　"네! 웅이 형도 오랜만이에요, 잘 지내셨어요?"

　성격이 지랄 같은 오자경과는 달리 장웅은 진유청에게 만만한 밥이었다.

　유난히 자신을 반기는 진유청에게서 불길함을 느낀 장웅이 슬쩍 한 걸음 뒤로 물러난다.

　그 덕에 진유청의 머리부터 드리웠던 그늘이 걷히며 다

시 햇빛이 쏟아지자 진유청이 툴툴댔다.

"웅이 형 옆에 있다간 햇볕 못 받아서 키 더 안 자라겠다."

진유청의 키도 작지는 않았지만, 아무래도 체구가 장대해 일대일로 맞닥트리면 작은 산이 눈을 가리는 것처럼 느껴지게 하는 장웅과는 비교가 안 됐던 것이다.

"니가 꽃이냐? 햇볕 못 받아서 못 자라게!"

오자경이 진유청을 쥐어박는 시늉을 한다.

진유청이 팔을 십자로 교차하여 머리 위에 대는 걸로 방비를 하며 빽 외쳤다.

"왜요? 잡초도 꽃이라면 저도 꽃입니다!"

"……니가 왜 잡촌데?"

오자경이 몸을 일으킨 뒤 말도 안 된다는 듯이 인상을 쓴다.

그 얼음덩이가 놓으면 깨질까, 쥐면 부서질까 안절부절 못하며 아끼고 보듬는 하나밖에 없는 동생이 잡초라니.

그럼 진가장주님에 이현이 그 녀석과 자신들까지 다 합쳐서, 우리들이 여지까지 잡초를 애지중지하며 키웠다는 거냐?

"형은 제가 잡초면 싫어요?"

어린 시절과 조금도 달라지지 않은 새카만 눈동자가 오자경을 직시한다.

진유청 자신은 원래 잡초가 아니었나.

아무리 물을 주고 햇볕을 받아 잘 자라도 잡초는 잡초다.

"니가 잡초면 싫은 게 아니라, 니가 널 잡초라 생각하는 게 싫은 거다."

오자경은 말장난 따윈 용납하지 않겠다는 듯이, 명쾌하게 대답했다.

"쳇!"

진유청이 뭔가 못마땅한 듯 눈을 가늘게 뜬다.

한수의 일에 이거저거 심기가 불편한 차에 꼬투리를 잡았는데, 자신의 질문을 잘 피해 낸 오자경에게 심술이 났나 보다.

그때 장웅이 갑자기 끼어들었다.

"유청이 네가 만약 잡초라면 말이야, 한 천 년 묵은 영약이 될 운명을 가진 십칠 년 된 풀 아닐까?"

아직은 막 잎사귀만 튄 상태라 자기도 자기가 잡초인지 알고 남들도 본질을 확인하기 어렵지만 시간이 지나면 분명 진가를 알게 될 거다.

장웅은 자신의 말에 진유청이 감동할 거라고 여겼다.

어쩜 이렇게 딱 들어맞는 비유를 얘기할 수 있었을까?

장웅 스스로도 놀라고 있는 중이다.

한데 진유청의 표정이 묘했다.

감동한 거라고 하기 보다는, 어이없다는 듯이 미간에 세

로줄이 잡힌다?

"웅이 형……. 그냥 백 년 정도로 하지 그랬어요."

장웅이 말한 의도는 충분히 좋았으나…….

남아 있는 구백팔십삼 년의 압박이 좀 컸다.

천 년 묵은 하수오나 산삼이 되려면 앞으로 구백팔십삼 년은 더 기다려야 한다는 뜻이었으니.

난 그쯤 되면 더 자라는 게 아니라 썩어, 형.

"그, 그럴 걸 그랬나?"

장웅이 보기엔 백 년 묵은 하수오나 산삼 정도론 진유청의 효능이 다 우러나오지 않을 거 같아 생각해서 한 말인데 듣기에 따라 놀리는 듯이 들릴 수도 있겠다 싶다.

장웅이 순박한 표정으로 헤에 웃으며 머릴 벅벅 긁는다.

"저한텐 안 통합니다."

저런 표정에 속아 넘어가기엔 진유청 자신은 장웅을 너무 잘 알았다.

퍼억!

"으이구, 이 곰 새끼. 잠깐만 한눈팔면 나이차가 열 살은 나는 어린 동생한테 잡혀서 놀림이나 당하고."

오자경이 혀를 차며 장웅의 엉덩이를 걷어찼다.

장웅의 어깨가 축 늘어진다.

진짜 다른 데선 안 이러는데 왜 유청이만 만나면 이렇게 옴짝달싹 못하고 당하기만 할까?

이 일행으로 강호행을 떠나서 자신이 잘 버틸 수 있을까?

한쪽은 아침만 되면 밥 내놓으라며 발길질을 해대는 오자경이고, 다른 한쪽은 자신만 보면 놀려 먹으려 머리를 짜내는 유청이가 아닌가.

장웅이 믿을 수 있는 사람은 오자경의 사부님인 강수 아저씨뿐이었다.

한데 그도 지금의 상황에 눈을 빛내며 재밌어 하는 걸로 봐선…….

"열심히 살자."

어차피 사람은 혼자 살다 혼자 죽는 거지.

장웅은 소림 고승이 득도하여 해탈하면 이런 기분이 들까 생각했다.

"이제 다 모였으면 가도록 할까? 더 지체하면 오늘 안에 성을 빠져나가지 못하겠다."

일행 중 가장 연장자여서 책임자 역할을 맡은 강수의 말에 일행이 주섬주섬 짐을 챙겨 들었다.

"저희도 동행하겠습니다."

문 안쪽에서 대기하고 있던 사내 둘이 모습을 드러낸 뒤 말한다.

풍기는 기운이 심상치 않은 게 단리종이 특별히 골라낸 이들인 듯.

"상단주님께서 진 공자를 호위하라 명하셨습니다."

많은 이들을 데려갈 수도 없고, 데려간다 해도 도움이 되기 어려우니 휘하 무인들 중 가장 뛰어난 이를 두 명 추려 낸 모양.

"어쩌겠느냐."

강수가 진유청에게 묻는다.

일행의 책임자는 강수였으나 이번 강호행의 중심은 바로 진유청인 것이다.

"함께 가도록 하지요. 두 명 정도 더 얹어지는 거야 뭐. 상단주 어르신께 여비도 두둑하게 받아 챙겼으니 밥값 걱정이야 없겠지요."

진유청이 허락하자 두 사내가 그의 뒤에 섰다.

열일곱 살 소년의 판단에 따라 자신들의 움직임이 정해지는 데도 의문을 깃거나 불만을 제기하는 이가 없다.

다들 진유청에 대해 잘 알기에 그렇다. 녀석은 정말 특별했으니까.

드디어 모든 준비가 끝나고 일행이 금오상단의 정문을 떠나 성을 나서기 위해 이동했다.

"한수, 너 도망 잘 치고 있어야 한다. 얼른 갈 테니까."

자신이 도착하기 전, 화산파에 잡히기라도 하면 자신의 힘으론 빼낼 방법이 없다.

"이놈의 개 한 마리는 하늘을 나는 천마가 되라고 했더

니만, 어째 제 무리에서 꽁지 빠져라 도망치는 늑대가 된
건지."

　뭐, 화산파에서 똥내가 나니 깔끔한 거 좋아하는 한수의
성격 상 참기 어려웠겠지만…….

　그래도 과거 삶에선 그럭저럭 버텼었잖아?

　그리고 보면 화산파 장문인을 죽음으로 몰아갔던 사건도
지금과는 달랐다.

　진유청이 운명을 바꿨고, 바뀐 운명의 소유자가 자기 손
에 매어져 있는 끈을 잡아당기니…….

　그것과 연관된 모든 게 비틀린다.

　앞으로 진유청이 보게 되는 건 과거와는 전혀 다른 세상
일지도 몰랐다.

　"밖에 나가면 두 눈 바짝 뜨고, 정신 차려야겠다."

　진유청이 마른침을 꿀떡 삼키며 스스로에게 되뇌었다.

●　　　●　　　●

　"헉… 헉……!"

　정한수가 깊은 숨을 몰아쉰다.

　그는 자신이 속해 있는 화산이 강하다고 믿고 자신들의
저력이 끝이 없다 생각해 왔다.

　그리고 과연 화산파는 대단했다.

다만 정한수가 바랐던 방향과는 전혀 다른 방향으로 말이다.

"정말 끈질기네."

진저리가 쳐질 정도다.

몸이 힘든 것도 힘든 거지만, 무엇보다 정한수를 괴롭게 한 건 화산이 가진 힘을 고작 이따위로 밖에 쓰지 않는 자신의 스승을 향한 원망 때문이었다.

장문인을 유명무실한 존재로 만든 것도 모자라 결국 누명을 씌우고 제거하려 들었다는 사실을 용납하기 어려운 것이다.

정한수가 자신의 뒤에 따라오는 장문인을 향해 고개를 돌렸다.

새파란 안색으로 죽을힘을 다해 달리시는 모습이 안타깝다.

원래도 무공이 뛰어난 분은 아니셨는지라, 화산 장로들과는 비교불가에 화산의 후기지수들 중 가장 뛰어나다 손꼽히던 정한수와 대봐도 처지는 수준.

"나, 난 괜찮다. 한수 네가… 고생이구나."

화산의 장문인이란 지고한 신분에서 한순간 도망자로 전락한 소운찬은 정한수와 눈이 마주치자 억지로 웃어 보이며 그의 걱정을 덜어 주려 했다.

전대 장문인이 오로지 심성과 그릇만으로 뽑은 장문인이

란 사실이 진실임이 확연히 드러나는 순간이다.

"조금 쉬었다 갈까요?"

정한수가 서서히 속도를 늦추며 소운찬이 오기를 기다렸다.

그는 주변을 휘휘 둘러보더니 두툼한 나무 기둥들 사이에 위치한 그늘진 자리로 향했다.

두 사람이 흙바닥에 주저앉아 호흡을 고른다.

"힘드시죠? 조금만 더 가서 안전해지면 푹 쉴 수 있을 겁니다."

사실, 그러긴 어려울 거 같지만 말로나마 짐을 덜어드리기 위해 일부러 밝은 척해 본다.

"우리가 편히 쉴 수 있는 곳은 천지 어디에도 없을 게야."

소운찬이 희미하게 웃으며 대답한다.

그는 대장로가 자신을 장문인 자리에서 끌어내리기 위해 음모를 꾸몄을 때도 침묵했고, 어두운 감옥에 갇혀 죽음의 위기를 맞았을 때도 담담히 받아들이려 했다.

현 시대가 자신과 같은 이보다는 야망을 갖고 화산파를 다그쳐 앞으로 나아가게 할 이에게 더 어울린다면, 그게 화산파를 위한 일일지도 모른다고 여겼기에.

지켜 나가야 할 도(道)가 꼭 선(善)에만 있지는 않은 거라고, 수많은 이를 지키고 이끌어야 할 주인 된 자리에 있는 이가 너무 맑기만 해도 문제인 거라 스스로를 다독였다.

제 이상과 다르고 뜻대로 이루어지지 않는 게 다 잘못된 거라 손가락질하며 부정하려 드는 것 또한 자기 욕심이고 아집일 뿐이라면서.

만약, 눈앞에 있는 한수가 아니었다면 소운찬은 절대 화산을 나서지 않았을 거다.

그는 자신이 시대와 맞지 않는 인물이고 화산이 원하는 방향과 다르게 화산을 사랑했다곤 해도 스스로가 잘못하고 있다고는 생각지 않은 것이다.

그건 자신의 마지막 남은 긍지이자 자존심.

절대 버릴 수 없는, 바꿀 수 없는 의미였다.

하나, 그럼에도 불구하고 소운찬은 이 자리에 서 있다.

화산으로부터 멀리 떨어진 외진 곳, 이름도 모를 작은 산에 몸을 웅크린 채.

소운찬은 자신의 신념이 소중한 만큼, 어쩌면 그보다 더……

아직은 어린 티를 다 벗진 못했으나 너무나 늠름하고, 깨끗한 기운을 지닌 정한수가 소중했다.

처음엔 그저 대장로의 애제자로 낯만 겨우 익힌 정도였으나 아이가 무림학관에 다녀온 후로 우연히 마주친 이후 자신과의 관계가 달라졌다.

화산 내에서도 잊은 이들이 많은 쓸모없는 장문인에게

시도 때도 없이 불쑥 찾아와 차 한 잔을 청한 뒤 할 말도 없이 마주 보고 앉아 찻물만 홀짝이던 기억들.

새로 익히고 배운 것들을 보여 주겠노라 장문인 처소 뒷마당으로 끌고 나가 자신 앞에서 검을 휘두르며 눈을 빛내던 모습.

가끔은 제 사부가 하는 행동에 실망하여 괴로워하고, 자주 무림학관에서 만난 친구들 얘기를 하며 어린아이처럼 웃었다.

소운찬은 자신과는 달리 무공에 재능이 출중한데다 머리도 좋고 심성도 바른 정한수야말로 화산의 앞날을 위해 꼭 필요한 인재라 여겼다.

대장로가 어떤 길을 걸어도 한수만 있다면 결국, 언젠가 화산은 소운찬 자신이 사랑한 화산으로 돌아올 수 있으리라 믿은 거다.

한데 그 아이가 자신을 살리겠다며 허름한 감옥으로 숨어들어 와 얼굴을 드러냈을 때…….

소운찬은 왈칵 눈물이 날 뻔했다.

자신을 잊지 않고 찾아준 아이가 너무나 고맙고, 기뻐서.

그리고 대의를 위해 개인적인 감정을 참지 못한 녀석이 아주 조금은 원망스러워서.

"제가 미우시지요?"

정한수가 조심스레 말을 꺼낸다.

생사에 집착하지 않는 장문인에게 혼자서는 절대 감옥을 나서지 않겠다고 우기고 생떼를 부려 험한 세상으로 끄집어낸 게 바로 자신이니까.

어차피 거대 문파 화산의 반도로 찍혀 갈 수 있는 곳도 이 한 몸 편히 뉘일 곳도 없는 처지가 될 텐데, 그걸 알면서도 그랬다.

자신은 절대 장문인을 그렇게 돌아가시게 할 수 없었으니까.

지금도 자신의 행동에 후회는 없다.

하나 장문인께서도 과연 그러실까?

유명무실한 장문인이었다 해도 평생 화산에서 거친 일 한 번 하지 않고 책만 읽고 수양을 해 온 분이 아니신가.

굶주림도, 흙바닥에 잠시 누워 눈을 붙이는 것도, 발바닥에 물집이 잡히게 달리는 것도 모두 처음일 터.

"허허, 그럴 리가 있겠느냐. 왜 네가 미울까. 네가 아무리 고집을 부렸어도 내가 싫었다면 감옥에서 한 발자국도 나가지 않았을 거다."

소운찬이 부드럽게 미소 짓는다.

땀과 흙으로 범벅이 돼 있음에도 그의 얼굴에선 빛이 났다.

그는 살면서 처음으로 개인적인 욕심을 부려 봤다.

누군가를 실망시키고 싶지 않아서, 살아남아 녀석이 걸

어가는 길을 지켜보고 싶어서.

자신이 있어야만 화산이 화산으로 돌아올 수 있을 거란 격한 외침에 마음이 흔들려서…….

그랬다.

소운찬 자신이 선택했다.

그러니 자신의 선택에 대해선 일말의 후회도 없다. 자신이 지금 하고 있는 고생도 사실 고생이 아니다.

그는 처음으로 '삶'과 맞닥트려 살아 있음을 실감하고 있으니.

다만 한 가지.

"나는 네가 걱정되는구나."

이만큼이면 됐다는 생각이 든다.

더는 욕심 부려선 안 될 거 같다.

나아갈 길이 더 이상 없다면, 뒤돌아서 왔던 길을 되짚어가는 것도 한 방법이 아닌가.

"대장로님은 한수 너를 가장 총애하시지 않았느냐. 지금이라도 함께 돌아가면 네 목숨은 구할 수 있을 게다."

함께, 가 중요하다.

한수 혼자 돌아가는 걸론 대장로의 용서를 바라기 어렵다는 건 자신들 둘 다 알고 있었다.

"장문인의 목숨을 팔아 제가 살아남는다면 앞으로 제가 어떻게 하늘을 보고 살 수 있겠습니까. 제 친구들 앞에서 떳떳이 얼굴을 들고 웃을 수 있겠습니까.”

정한수가 고갤 저었다.

유청이, 채환이, 경찬이…… 그 녀석들에게 부끄러운 친구가 되고 싶지 않았다.

“네가 잘못되면 그 아이들은 더 슬퍼 할 게다.”

“그래도 복수는 해 줄 겁니다.”

그게 자신과 장문인이 그토록 아끼던 화산이라는 게 서글프지만……. 그래도 유청이라면, 자신의 마음을 헤아려 딱 그만큼만 화산의 뒤통수를 때려 줄 거다.

기껏 해 봐야 작은 문파에 소문주도 아니고, 이공자로 가진 거 없는 그 녀석이 어찌 그런 큰일을 할 수 있을까 생각하긴 하지만…….

그래도 유청이라면 무슨 일이 있건 꼭 해내고야 말 거 같다.

그 녀석 비위를 건드리는 사람은 소견이나 광견에게 물리는 거 보다 훨씬 더 아프고 오래가는 상처를 가져야 하니까.

남궁혁이나 소기가 바로 산증인 아니겠나.

그나저나 어떻게 지내고 있을까?

일전에 진가장과 관련된 사부의 말을 엿들었을 때도 결국 아무런 행동도 취하지 못했었고, 그게 내내 마음에 남다 결국 이번엔 옳다고 판단한 대로 움직이고야 말았다.

　그러니 자신이 그때 그 일을 마음속에 묻어 두었던 것, 녀석이 이해해 주었으면 좋겠다.

　지금이야 폐를 끼칠까 봐 찾아갈 수 없지만 언젠가 기회가 된다면……

　헤어지고 몇 년이 흘렀으니 과연 그 녀석이 어떻게 자랐을지 꼭 이 두 눈으로 보고 싶었다.

　"으음……."

　생각을 이어가던 정한수가 눈살을 찌푸린다.

　여기서 멈춰 서면 안 됐던 걸까?

　자신들에게로 향하는 날선 기운이 바짝 다가왔음이 느껴졌다.

　"먼저 가십시오, 금방 뒤따르겠습니다."

　정한수의 말에 장문인의 낯빛이 굳는다.

　"벌써… 따라붙었구나."

　"아직 흔적을 지울 수 있을 만큼 거리를 벌이지 못했으니까요."

　자신의 잘못이라는 듯이 정한수가 입술을 깨물었다.

　쉬이익!

　바람을 가르며 날아드는 검 한 자루를 정한수가 다급히 제 무기를 꺼내 들어 쳐낸다.

　카앙!

　날카로운 소리와 함께 궤도에서 벗어난 검이 부웅 날아

올랐다가 바닥에 처박혔다.

"어서!"

정한수가 장문인의 등을 민다.

무공이 딸리는 것도 딸리는 거지만 장문인의 성품에 화산의 제자들에게 칼질 한 번 제대로 할 수 있을까 싶은 거다.

정한수 자신도 같은 동기, 사문의 어르신에게 검을 휘두르는 게 쉽지는 않겠지만 그래도 이미 단단히 마음을 먹고 있으니…….

앞으로 흘릴 피가 자신의 것이건 화산의 것이건 간에, 모두 짊어지고 가리라 다짐했다.

"그럼 바로 따라오너라."

소운찬은 자신이 있어 봤자 정한수에게 방해밖에 되지 않을 거란 걸 알기에 먼저 걸음을 옮긴다.

다만 멀리 가지는 않을 작정이다.

한수가 잡히거나 다치면, 자신이 모습을 드러내 녀석의 목숨을 구해야 하지 않겠나.

그는 자신이 순순히 잡혀가 죽어 준다면 한수를 당장 어떻게 하지는 않을 거라 생각했다.

장문인이 움직여 등 뒤가 허전해지자 정한수가 검을 쥔 손에 힘을 준다.

"장로님들만 없었으면 좋겠군."

입술이 바짝바짝 탄다.

"여기 있다!"

삐이이이익!

긴 휘파람 소리와 함께 화산파 제자들이 하나둘 모습을 드러냈다.

정한수와 마찬가지로 피곤한 얼굴에 흔들리는 눈망울.

간혹 그렇지 않은 이들도 있지만 많은 동문들이 살기보다는 불안을 담고 정한수를 바라봤다.

그리고…….

"기껏 도망간 곳이 여기냐. 사부님께서 널 얼마나 아껴주셨는데 감히 그분을 배신해?"

장로급이 아니길 바라긴 했지만 그렇다고 해서 척을 진 사형은 괜찮다는 건 아니었는데 말이다.

그나마 나타난 이가 사형들 중에 어릴 때부터 정한수의 뒤를 봐주던 대사형이 아닌 걸로 만족해야하는 건가.

"삼사형. 저는……."

"닥쳐라! 너 때문에 사부님의 체통이 말이 아니게 됐다!"

대장로의 세 번째 제자 막사총은 평소 대사형이나 자신들을 제치고 사부의 총애를 가장 많이 받던 정한수를 마음에 들어 하지 않았다.

가뜩이나 사부가 장문인 자리에 오르게 되면 차기 장문인도 그분의 제자들인 자신들 중 하나가 될 터인데 대사형도 아닌 막내에게 밀릴 수는 없었던 거다.

그러던 차에 이런 일이 벌어져 정한수가 제 발로 복을 찬 셈이 되니 이 얼마나 고소하겠는가.

막사총은 이번 기회에 정한수를 완전히 짓눌러 버리고 싶었다.

"저는 잘못된 걸 그대로 보고 있을 수 없을 뿐입니다. 대체 장문인께서 잘못하신 일이 무엇입니까?"

"장문인이라 입에 담기도 싫은 그는, 화산의 이름을 더럽히지 않았느냐!"

"타문파와 결탁하여 화산을 전복시키려 했다는 얘기 말입니까?"

"그렇다!"

"그분은 이미 화산의 최고 어른인 장문인 자리에 계신 분입니다. 그런 분이 왜 나른 문파와 결탁해 화산에 해를 끼친단 말입니까?"

정한수가 절절한 음성으로 외친다.

모두가 알면서 외면하는 사실이다.

"그, 그건 그가 이름뿐인 장문인이니 대장로이신 사부님을 쫓아내고 자기가 화산의 중심에 서려 했기 때문이 아니겠느냐!"

"그분이 왜 이름뿐인 장문인이 되셨습니까. 스스로 모든 권한을 사부님께 드리고 뒤로 물러나셨기 때문이 아닙니까.

아무런 욕심도 없이 오직 믿음과 신뢰로 화산을 대했던 분이 이제와 무슨 이유로 그런 음모를 꾸미셨겠습니까.”

막사총과 함께 온 제자들이 술렁이기 시작한다.

그들도 의아하게 여기던 부분을 정한수가 꼭 집어 뱉어 내니 마음이 동요한 거다.

“사람이 변하는 건 순식간이다! 장문인도 사람이니 슬슬 자기가 손에서 놓아 버린 것들에 아쉬움이 생겼겠지!”

자기가 그러니 남들도 그럴 줄 안다.

“그렇다면 사부님께선 왜 아무런 증거도 보여 주시지 않으시는 겁니까. 증거가 있다고 하셨으면서도 밝히지 않고 장문인을 바로 감금하고 처형하려 하신 겁니까.”

“사부님께서 하시는 행사에 제자인 우리가 관여할 수는 없다! 다 이유가 있으시겠지!”

“지겹습니다. 어르신들이 하는 일엔 다 이유가 있고! 우린 그냥 따르기만 하면 되고! 의문도 가져선 안 되며 불복해서도 안 되고……. 그분들이 하는 모든 것은 정의롭고 옳단 말입니까!”

막혔던 둑이 터지자 그동안의 갈증을 해소하려는 듯 물줄기가 거세진다.

정한수는 그동안 생각은 해 왔지만 차마 입 밖에 내지 못했던 말들을 뱉어 냈다.

“닥쳐라!”

막사충이 버럭 소리쳤지만 정한수는 멈추지 않았다.

"나는 내가 옳다고 생각하는 일에 목숨을 걸겠습니다! 내가 아는 그분께선 결백하시니 나는 그분의 결백을 증명하고 그분을 지키기 위해 싸우겠습니다!"

정한수가 날카로운 검을 곧추세웠다.

그의 눈에서 뿜어지는 형형한 기운이 마주선 이들을 위축되게 한다.

"이익……!"

막사충도 지지 않고 살기를 뿜어냈다.

일반 제자들이 눈이 휘둥그레져 막사충과 정한수를 번갈아 가며 바라본다.

막사충이나 정한수 둘 다 성격이 좋은 편은 아니었으나 다른 점이 있다면…….

"저놈을 죽여라!"

막사충은 성질만 더러운 게 아니라, 제 손으론 하는 게 아무것도 없이 입만 살아 날뛰는 사람이라는 거.

"하려면 사형이 직접 나서십시오. 왜 애꿎은 제자들의 손에 죄 없는 동문의 피를 묻히려 하십니까!"

그에 비해 정한수는 또래 후기지수 중에 적수가 없는데다, 까칠한 성격이지만 일처리가 공정했다.

아주 잘났지만 크게 잘난 척을 해 위화감을 조성한 적도 없고, 자신들 보기에도 항상 쓸쓸해 보이던 장문인의 곁을 지키던 의리 있는 녀석.

말하자면 동경의 대상이었던 거다.

"왜들 가만히 있나! 내 말이 안 들리나!"

막사총이 펄쩍펄쩍 날뛴다.

그는 공을 세울 욕심에 대사형을 조르고 졸라 추격대의 한축을 맡아 운 좋게도 정한수와 마주쳤는데, 제 뜻대로 일이 풀리지 않으니 짜증이 잔뜩 났다.

"장로님들은 오지 않으셨습니까?"

정한수가 검을 곧추세우며 묻는다.

"흥! 사형인 나는 무섭지 않지만 그 어르신들은 무서운 모양이구나! 곧 오실 테니 순순히 무릎을 꿇고 기다리는 게 좋을 게다."

막사총의 말에 정한수가 고개를 끄덕인다.

"인근에 계시지 않은가 봅니다."

가까운 곳에서 수색을 하고 있었다면 이 정도 소란을 눈치채지 못했을 리가 없다.

그는 장문인이 달려간 쪽을 일별했다.

이 정도 시간을 끌었으면 안전한 곳으로 이동하셨으리라.

"나를 막지 마십시오. 장로님들이 오시지 않는 한, 여기 있는 이들 중엔 나를 막을 수 있는 사람이 없습니다."

스악!

한 걸음 앞으로 나선 정한수가 검을 사선으로 내리그은

뒤 공격 자세를 취한다.

막사총은 자신의 어린 사제가 무공에 천부적인 자질을 갖고 있다는 걸 알기에 다른 제자들을 더욱 채근했다.

"나서라, 어서!"

그 자신도 손에 든 검을 높이 치켜들며 살기를 띠운다.

파바바박!

막사총이 정한수를 향해 선공을 하려 짓쳐 들었다.

第三章

달리자, 달려!

“웅이 형, 밥 주세요. 밥!”

진유청이 잠이 깬 뒤 기지개를 펴자마자 장웅을 재촉한
다.

“내가…… 밥 해 주는 사람이냐?”

“이현 형님이 웅이 형은 밥을 잘하고 자경이 형은 잘 곳
을 잘 찾는다고 해서 굳이 함께 온 거란 말입니다.”

“그, 그러냐.”

장웅이 하남 진가장에 있을 얼음덩이가 눈앞에 있는 것
처럼 이를 득득 간다.

얼마 전 유청이가 우리 모두의 동생이란 자신의 말에 눈
을 번쩍이던 오자경의 심정이 이해가 갔다.

친동생만 같았어도…… 크흑!

이현이 놈도 아무리 지 동생이 걱정되도 그렇지. 벌써 열일곱 살이나 먹은 녀석에게 그런 걸로 제 친구를 팔아먹냐, 응?

퍼억!

웅크리고 있는 장웅의 등짝에 커다란 발자국 하나가 찍혔다.

"웅아, 나도 밥."

돌아보지 않아도 알겠다.

"어제도 내가 밥을 한 거 같은데. 오늘은 자경이 네 차례나 유청이 차례가 아닐까?"

"유청인 노숙이 아직 익숙하지 않아 상태가 좋지 않을 테고, 난 잘 자리를 잘 찾는 사람이잖아. 그러니 밥은 네 담당이 아닐까?"

우리 사부님 배고프시지 않게 얼른 밥을 하라는 무언의 압박까지 팍팍 주고 마는 오자경은 실로 당당했다.

장웅이 두리번거리며 주변을 돌아본다.

자신의 편이 없나 확인하는 거다.

하지만 그의 편을 들어줄 이는커녕, 저편에 나란히 앉아 있는 모팔과 치호라 자기들을 소개한 무사들도 냉큼 눈을 감고 명상에 잠긴 척한다.

여기서 오자경과 한바탕 싸움이라도 하면 갈 길이 늦춰

지고 그러면 또 제 친구는 어쩌라고 여기서 이러고 있냐며 만만치 않게 성격 더러운 유청이가 길길이 날뛰겠지?

이리저리 재 봐도 가장 정신연령이 높은 자신이 희생하는 게 일행의 평화를 위해 좋을 거 같다.

……자신은 아침밥 따위 안 먹어도 괜찮건만…….

"탄 밥도 그냥 먹고, 설익은 밥도 뜨거운 물 마셔서 뱃속에서 익혀라."

장웅이 툭 뱉어 내는 말에 오자경의 눈썹이 꿈틀거린다.

"이왕 하기로 했으면 제대로, 잘해. 혹시나 일부러 그러다 딱 걸리면……."

너 죽고 나 사는 거다.

곱게 커서 사람이 먹을 수 있을 만한 것만 먹고 자랐다 주장하는 오자경이 눈을 부라린다.

"웅이 형……. 불쌍한 사람이었구나."

옆에서 그 광경을 모두 지켜보던 진유청이 나직하게, 하지만 주변에 있는 이들 모두에게 똑똑히 들릴 정도의 목소리로 중얼거린다.

과거 뇌호라 불리우며 천하를 호령하던 사람이……. 쭈그리고 앉아 구시렁거리며 밥을 하는 모습이라니.

우울한 와중에도 한줄기 빛처럼 마음을 따스하게 하는 장면임이 틀림없었다.

"이제 괴롭히지 말아야겠다."

오자경과 다르게 진가장 혈겁 때 함께 마지막을 불태우
지 않았던 그인지라 진유청 자신이 그럴 주제가 안 된다는
걸 알면서도 은근히 구박하곤 했었는데, 그랬던 게 살짝 미
안해지려고 한다.

하나 그 결심은 그리 오래가지 못했는데.

"우씨! 이게 밥이야, 돌덩이야! 이걸 먹으라고 준 거
야?"

진유청이 아침밥을 포기한다.

어떻게 하면 그냥 쌀에 물 넣고 끓이는 걸로 이런 기괴한
식감의 음식이 나오게 할 수가 있는 거지?

"이 곰 새끼, 내가 아까 분명 말했지?"

오자경도 밥을 입에 넣자마자 제대로 씹지도 않고 버럭
외친다.

다른 이들도 말은 안 하지만 인상을 잔뜩 구기고 장웅을
노려보는 건 마찬가지.

"열심히 하는 것과 잘하는 건 다른 거잖아? 좋은 결과가
나오지 않았다고 내 노력이 폄하 받는 건 참을 수 없어!"

장웅이 제 가슴을 탕탕 내리치며 말한다.

"폄하 좋아하시네! 이거나 처먹어 보고 그런 소릴 해라!"

아예 못하면 애초에 시키지나 않을 텐데. 어떨 땐 그나마
괜찮고 어떨 땐 아주 나쁜 게 문제다.

사람이 한결같아야지 말이야!

오자경이 밥알이 입에 들어 있는 그대로 신경질을 부리
자 밥알이 사방으로 튀어나온다.

“아… 눈 내리네.”

진유청이 비위가 상했는지 고개를 설레설레 저으며 자리
에서 일어났다.

길 떠난 지 얼마나 됐다고 그냥 혼자 훌쩍 가 버리고 싶
은 마음이 한 시간에 열두 번씩 든다.

“이현 형님도 참. 두들겨 패는 대신 이런 조합으로 날
괴롭게 하려 일부러 딸려 보내신 건 아니겠지?”

말도 안 되는 소리가 입에서 불쑥불쑥 튀어나오게 할 만
큼 번잡한 일행인 것이다.

이런 사람들과 자주 여행을 떠났던 이현 형님을 떠올리
면 그 사람도 참 남의 일에 관심 갖지 않고 자기 길만 가는
듯.

무던하다 못해 무심한 성격 말이다.

“그래! 내가 다 처먹을 거다! 넌 먹지 마!”

결국 장웅이 밥솥을 품에 껴안고 안에 들어 있는 걸 퍼서
입에 쑤셔 넣는다.

“컥, 커억!”

돌덩이 같은 밥을 입에 넣고 씹지도 않고 삼키려 들었으
니 목이 메는 건 당연지사.

“이 멍청한 곰 새끼야! 그게 얼마나 흉악한 건데 진짜로

처먹냐, 처먹길! 그건 밥이 아니라 흉기야, 흉기!"

자기가 먹으라고 해 놓고 정작 먹으니까 왜 먹냐고 윽박을 지르는 오자경도 어떤 의미론 대단했다.

그가 눈가를 씰룩이면서 물주머니를 장웅 앞에 내민다.

"고, 고마······."

장웅은 또 인사까지 하고 그걸 받아 마시는 거다.

그 모습을 가만히 지켜보던 진유청이 얼른 다가가, 물주머니를 입에 대고 목을 길게 빼고 있는 장웅의 등을 두드려 줬다.

보기엔 아주 훈훈한 광경이지만… 목이 메 물 마시는 사람 등을 두들기면 어떻게 되겠나?

"케헤헤헥!"

장웅이 사레가 들려 길게 기침을 하다 바닥을 뒹굴었다.

그리고 오자경은······. 진유청의 입꼬리가 하늘을 향해 삐죽 솟구치는 걸 똑똑히 봤다!

노리고 한 게 분명해!

"무, 무서운 놈!"

오자경이 저도 모르게 중얼거리면서도 눈이 마주친 진유청을 향해 엄지를 치켜들었다.

어쨌거나 앞으론 제대로 된 밥을 먹을 수 있을 것 같았으니까.

이런 사달을 겪고도 장웅이 밥을 할 때 제대로 신경을 안

쓴다면 정말 미련 곰탱이 아니겠나?

진유청은 자기가 뭐 한 게 있냐는 듯 손사래를 친다.

밥은 굶을 수도 있지만, 이 날씨에 눈 맞는 일은 절대 두 번 다시 경험하고 싶지 않았던… 나름대로 깔끔한 성격의 진유청이었다.

"웅이 형도 그만 뒹굴고 일어나고, 자경이 형도 짐 챙기고. 먹고 자느라 까먹은 시간 채우려면 얼른 가야죠."

진유청이 일행을 재촉한다.

그의 마음은 어느새 길을 따라 달리고 있었다.

도망치고 있는 사람을 따라잡는 건 쉬운 일이 아니다.

목적지를 아는 게 아닌 한, 그들이 언제 어느 방향으로 몸을 틀어 달려 나갈지 예측이 불가능하니까.

게다가 최대한 흔적을 감추기 위해 깊숙이만 파고드니 갈수록 그들의 이동 경로를 파악하기가 점점 더 어려워졌다.

"섬서에서 호북으로 이동했다라."

그게 진유청이 하남을 떠나오며 손에 쥔 패의 전부다.

화산의 일에 대해선 이미 소문이 파다하게 퍼졌지만 그 후의 일에 대해 얘기하는 이들은 아무도 없다.

"아직 잡히지 않았다는 뜻이렷다……."

만약 잡혔다면 벌써 화산에서 동네방네 떠들며 난리를

피웠을 테니까 말이다.

"한수 이 녀석은 호북으로 갈 바엔 하남으로 올 것이지. 그랬으면 손 닿는 곳이 많았을 텐데."

하필 호북이면 제갈세가는 물론이요, 형문산엔 무림맹 본성이 있지 않나.

무당도 있긴 하지만, 동심회가 모습을 드러내기 어려운 상황에서 자신이 개인적인 일로 도움을 청할 수도 없는 일.

에휴!

"하긴, 지금 니가 눈에 뵈는 게 뭐가 있겠냐."

지네 장문인을 데리고 화산에서 튈 정도로 정신 나간 녀석에게 자신이 바라는 게 너무 많은가 싶기도 하다.

진유청 일행이 달리고 달려 호북에 첫발을 딛자마자 처음 한 일은 인근에서 가장 큰 도회를 찾는 거였다.

"금오상단 지부가 여기에도 있나요?"

"네. 금오상단 지부는 대륙 어디에나 뻗어 있다고 해도 과언은 아닐 겁니다."

모팔이 통통한 두 손을 슥슥 비비며 말한다.

진유청은 짧다면 짧은 시간 동안 그를 관찰한 결과, 시세를 읽는 눈이 빠르고 무림인들이 흔히 쓰지 않는 산판을 무기로 사용한다는 걸 알게 됐다.

"이리 오시지요, 진 공자님."

지금만 해도 봐라.

연륜으로 봐도 나이로 봐도 책임자의 역할에 부족함이 없는 강수 아저씨나, 얼굴로 보면 제일 뭔가 있어 뵈는 자경이 형을 두고 진유청 자신에게 딱 달라붙어 아양을 떨지 않는가.

처음부터 끝까지 진유청 자신의 얼굴만 보고, 자신에게만 말을 걸며, 자신에게만 상황을 설명하는…….

"쩝, 이놈의 인기란. 나이 들어도 식을 줄을 모른다니까?"

말은 그리하지만 별로 좋아하는 기색은 없다.

어렸을 때 진유청 자신을 대장, 대장 하며 따라다니던 물고기들은 밥 먹이는 재미라도 있었지만, 이건 영…….

"어서 오십시오, 진 공자님."

진유청을 향해 고개를 돌려 잘 따라오고 있는지를 몇 번이나 확인한 뒤에야 다시 갈 길을 가는 모팔은 씩씩한 멧돼지 같았다.

장정이 양팔을 벌려 안아도 한 아름에 안길까 자신할 수 없는 두툼한 허리통을 이리저리 흔들며 앞서 나가는 그의 허리춤엔 거대한 산판이 꽂혀 있다.

진유청이 아주 쉽게 그의 주무기를 알아낼 수 있었던 이유다.

무기로 쓸 게 아니고서야 세상에 어떤 미친놈이 제 허벅지만 한 크기에 알이 쇠로 된 산판을 허리춤에 꽂고 다니겠나.

"좋겠다."

어느새 다가온 오자경이 진유청의 옆구리를 쿡 찌르며 말한다.

진유청이 쌜쭉한 눈으로 오자경을 째려봤다.

하나 오자경은 개의치 않고 장난스럽게 말을 잇는다.

"유청이 너의 인기는 어렸을 때부터 남자, 어린이, 노인을 가리지 않는구나."

그거 원래는 남녀노소라고 해야 하는 거 아닙니까?

"……여자는 아니잖아."

진유청의 생각을 읽은 것마냥 대꾸하는 오자경을 보는 순간 진유청의 주먹이 불끈 쥐어진다.

형이고 뭐고 간에 그냥 콱, 받아 버릴까?

진유청이 진지하게 고민한다.

그때 둘의 귀를 쫑긋하게 만드는 나긋한 목소리가 들려왔다.

"거기 멋진 공자님들, 이리 와서 쉬었다 가지 그래요?"

멋진 공자님들이라니 우릴 아는 사람인가?

거기 가서 쉬면 떡 하나 주나?

서로 시선을 교환한 진유청과 오자경의 고개가 휙 돌아가 목소리가 들려온 쪽으로 향한다.

꿀꺽!

진유청의 목울대가 꿈틀거렸다.

아무래도 모팔이 택한 지름길에 기루들이 운집해 있는 길목이 있던 모양.

길가에 일렬로 늘어서 있는 기루에서 이른 장사를 시작한 기생들이 화사하게 단장한 얼굴을 내밀고 두 사람을 유혹하듯 손짓하고 있다.

"저렇게 아름다운 누님들이 헐벗고 계시다니. 사내 된 도리로 그냥 지나칠 수야 없지."

오자경이 당장이라도 달려가 제 옷이라도 벗어 줄 기세로 중얼거린다.

"그렇지요? 저도 이제 열일곱, 다 자라서 길을 걷다 누님들의 부름도 받게 되고⋯⋯. 나이 먹은 보람이 있는 거 같습니다!"

진유칭이 그에 동조하니 분위기가 한순산 화기애애해졌다.

하지만 두 사람이 뭔가에 홀린 듯, 한 발을 내딛으려는 순간.

슈슈슉!

"피해!"

오자경이 진유청을 감싸 안으며 몸을 비틀었다.

갑작스러운 공격에 그를 보호하기 위함이다. 덕분에 진유청은 무사했으나 오자경의 등은 무방비 상태로 고스란히 노출된다.

파바바박!

다행히 갑자기 날아온 암기는 오자경의 등이 아니라 그들에게서 조금 거리가 떨어져 있는 지면에 박혔다.

"괜찮아?"

두 사람 하는 짓을 혀를 차며 멀찍이서 구경을 하다 놀라 달려온 장웅과 강수가 지면 위에 일직선을 그리며 띄엄띄엄 박혀 있는 암기에 시선을 준다.

진유청이 잽싸게 오자경의 품에서 빠져나와 지면에 박혀 있는 암기 앞에 쪼그리고 앉았다.

사실 진유청은 자신들을 향해 무언가 날아온다는 건 알았지만 살기가 없기에 반응하지 않았을 뿐이다.

그러니 놀람보다는 황당함이 먼저였다.

"뭐야, 이건?"

암기는 자신들이 방향을 바꿔 내딛은 한 발자국 바로 앞에 길게 금을 그은 것처럼 박혀 있다.

마치, 더 이상 가지 못하게 가로막으려는 것처럼.

그는 검지로 흙을 파내고 안에 들은 걸 꺼냈다.

엄지손톱만 한 그것은 거무튀튀한 쇠로 만들어진 작은 알맹이였는데… 마치…….

"산판알 같습니다."

진유청의 말이 끝나기가 무섭게 일행의 시선이 앞서 가

던 모팔이 있는 쪽으로 향한다.

과연 일행의 맞은편에서 모팔이 제 허벅지만큼 커다란 산판을 들고 있었다.

“무슨 짓입니까.”

강수가 눈살을 찌푸리며 모팔에게 묻는다.

모팔은 역시나 강수에게가 아니라 진유청에게 성큼 다가가 배 앞으로 두 손을 맞잡아 가지런히 놓고는 공손한 어조로 입을 열었다.

“진 공자님, 그쪽 길이 아닙니다. 이쪽으로 가셔야지요.”

…그러니까 간단하게 말하자면, 기루로 가지 못하게 하려고 이런 짓을 벌였다는 건가?

진유청의 미간을 찡그렸다.

“서두르십시오. 친구 분을 구하러 가시는 길이 너무 지체되면 안 되지 않겠습니까?”

모팔이 재차 권한 뒤 산판을 다시 허리춤에 꽂고 몸을 돌린다.

어쭈?

이제 봤더니 나를 도와주러 온 게 아니라 딴짓 못하게 감시라도 하러 온 건가?

아니지. 상단주 어르신이나 혜아가 그렇게 얕은수를 쓸 사람들은 아니고……

진유청이 머릿속에 금오상단에서 자신을 못마땅하게 여기는 단 한 사람을 떠올린다.

"석 아저씨, 아무리 그래도 이건 아니지요."

속에서 불이 치닫는데, 당장 사람들 앞에서 그분을 언급하며 망신을 주기는 싫다.

금오상단의 도움을 받고 있는 처지란 건 일단 제쳐두더라도, 상단주 어르신이나 혜아의 얼굴을 봐서라도 그래선 안 된다는 개념 정도는 진유청도 갖추고 있다.

한수에 대한 걱정으로 다른 이들까지 칙칙하게 만들기 싫은데다 아무 정보도 없이 무작정 걱정하고 불안해하느라 심력을 소모하면 정작 중요할 때 힘을 못 쓸 거라 생각해 일부러 느슨하게 풀어져 있었더니만…….

내가 좀 쉬워 보였나?

한데 이를 어쩌나.

나 그렇게 쉬운 남자 아닌데 말이야.

진유청이 눈을 가늘게 뜨고 모팔의 뒷모습을 노려보는데 오자경이 다가와 그의 귓가에 속삭인다.

"역시 누님들이 최고지?"

방금 전 본 누님들 얘긴가 보다.

어리고 풋풋한 동기들보단 확실히 농염한 누님들이 훨씬 많이 눈에 띄었다.

이른 시간의 장사가 저녁의 황금시간에 비해 훨씬 떨어

지는 게 적을 텐데도 나와 있는 걸 보면, 저쪽 세상에서도 나이는 많이 먹은 거보다 적게 먹은 게 더 값을 쳐주는 듯.

슬픔 위에 덧바른 분칠이 세월의 흔적은 잠시 지워줄지 몰라도 고단한 삶까지 감춰 주지는 못하나 보다.

저리 화려하고 아름답게 치장한 여인들에게서 눈물 냄새가 진하게 나는 걸로 봐서는.

개개인의 성품까지야 한 번 본 눈으로 알 수 있을 리 만무하지만 저만큼 쉽지 않은 삶을 살아 내고 다음 날 다시 웃으며 생을 꾸려 나가는 이들이니 어찌 대단하다 하지 않을 수 있을까.

과거 삶에선 저런 여인들을 어찌 그리 함부로 대할 수 있었는지 모르겠다.

그때 자신이 만난 누님들 중 많은 이들이 제 아비 노름빚을 갚기 위해 돈 몇 푼에 팔려 오고, 동생 녀석 입에 보리쌀 한 줌이나마 넣어 주고파 제 발로 걸어왔다 했었다.

무식하면 용감하다고, 남의 아픔을 볼 눈이 없으니 자신이 그토록 개처럼 굴 수 있었겠지.

주변을 돌아보니 이곳에 피어 있는 건 만개했다 지는 꽃만이 아니라 물을 길어 가는 청년과 나뭇짐을 등에 짊어진 노인, 기루 입구를 배회하는 낭인들까지…… 많은 사람들이 뿌리를 박고 있었다.

삶의 향취가 있는 이들은 아름답다.

그러니 더 오랜 시간을 버텨 그 향취가 깊게 배인 이들은 두 말할 것도 없지 않겠나.

싱그러운 젊음보다, 더욱 진하고 애달프리라.

"네. 형과 저는 통하는 데가 많은가 봅니다."

진유청이 웃으며 맞장구친다.

물론, 누님들이 왜 아름다운지에 대해서의 견해는 살짝 다를 수도 있다는 생각이 들지만…….

진유청 자신만큼 성격 더러운 오자경이 현재 상황을 생각해 치미는 화를 한풀 꺾고, 거기다가 자신의 기분까지 풀어 주려 애쓰는 모습을 보이는데 구구절절 말을 늘어트릴 이유는 없는 까닭이다.

"거기 공자님들? 그냥 가는 거야? 이 누님이 오늘 한 상 거하게 차려 주려 했는데 말이야."

등 뒤에서 들려오는 나긋한 목소리와 함께 전해지는 은은한 진짜 향기!

슬쩍 돌아보니 턱을 살짝 들어 올리고 눈을 새침하게 내리깔며 토라진 척 시선을 피하는 모습이 노련하다.

그리고 용감했다.

모팔의 행동으로 인해 주변 사람들이 슬금슬금 진유청 일행을 피하며 눈치를 살피는 게 빤히 보이는데도 불구하고 과감하게, 전혀 주눅 들지 않고 말을 걸지 않는가!

"역시 누님이 최고야."

오자경의 말에 진유청도 고개를 끄덕인다.

이번엔 그와 같은 의미로.

"산판알로 얻어맞기 전에 얼른 가지 그래?"

장웅이 못 말리겠다는 듯 두 사람의 등을 떠민다.

두 사람은 곰에게 떠밀려 어쩔 수 없이 향기에서 멀어지는 쪽으로 발을 내딛어야 했다.

아, 누님도 좋지만 그보단 답답한 속을 씻어 줄 술 한 잔이 더 그립구나.

내 나이 열일곱.

이제 슬슬 자기가 술 마시는 법을 가르쳐 주겠다며, 술은 어른에게 배워야 한다고 호기롭게 외치는 사람 하나 나올 법도 한데…….

왜 아무도 없냐?

댁들 입만 입이고 닌 주둥이인 거냐!

진유청이 마른 입술을 혀로 날름 핥으며 안타까워했다.

모팔이 안내한 곳은 금오상단 휘하에 있는 상인이 운영하는 전장이었다.

"이렇게 모시게 돼 영광입니다."

상인은 처음엔 진유청을 못미더운 기색으로 훑어보더니 그가 품에서 연두색 수실이 달린 금패를 꺼내자마자 완전히 달라졌다.

그는 진유청의 물음에 성심성의껏 답했지만 딱히 쓸 만
한 정보는 없었다.

"화산파의 움직임이 심상치 않을 텐데, 그들의 행보에
대해선 아시는 게 있으십니까?"

한쪽은 죽자고 도망치고 다른 한쪽은 죽자고 쫓고 있을
터.

뒤늦게 판세에 끼어든 자신들이 도망치는 쪽을 찾기 위
해선, 자신들보다 먼저 그들을 쫓으며 수색을 벌인 이들이
중점적으로 움직이는 곳을 뒤져 보는 게 가능성이 높을 거
다.

하지만 상인이 난감하다는 기색을 감추지 않고 대답한다.

"근래 호북에는 화산파 제자가 보이지 않는 곳이 더 드
물 정도입니다만……. 굳이 찾자면 무림맹과 제갈세가 인
근 정도인 거 같습니다."

그 두 곳은 화산파 제자들이 없어도 충분히 위험한 곳이
다.

"따로 뽑아 낼 만한 지역을 찾기가 어렵다는 뜻입니까?"

"네. 그렇습니다."

"알겠습니다. 도와주셔서 감사합니다."

"편히 쉬시고, 필요한 게 있으면 불러 주십시오."

상인이 진유청을 향해 인사를 하고, 모팔과 치호와 눈을
맞춘 뒤 접객실 밖으로 나갔다.

아마 불쑥 들이닥쳐 상세한 설명 없이 주변 정황을 물으
니 무슨 일인가 걱정이 됐나 보다.

"나중에 잘 설명해 드리세요."

진실과는 거리를 두고, 라고 굳이 당부하진 않는다.

금오상단 내부의 일이니 알아서 잘 처리할 거라 생각하
기 때문이다.

"이제 어찌하시겠습니까?"

치호가 묻는다.

"그러게 말입니다. 한수 이 녀석이 잡히지 않고 잘 숨어
다녀 다행이긴 한데 정작 도움을 주려 하는 우리들도 찾을
수가 없으니 이거 원……."

진유청으로도 갑갑한 일이 아닐 수 없다.

문득 심인학 사건 때 진이현을 찾아냈던 방법이 떠오른
다.

그때처럼 혼이라도 쑥 뽑아서 보내 볼까?

하지만… 하남 인근에 야산을 뒤지는 것도 아니고, 호북
전체를 살펴보는 건 아무리 봐도 무리겠지……?

예전에도 밤만 되면 육체를 빠져나가는 영혼 때문에 아
예 본격적으로 해 볼까도 고민한 적이 있었지만 결국 실행
에 옮기진 못했었다.

왜냐하면 그러다 혼이 정말 집을 나가 가출해 버릴까 봐
서 말이다.

그럴 리 없다고 장담할 수가 없는 게 이런 기사는 진유청 자신도 한 번도 들어 본 적이 없는 것이다.

아무도 모르는 미지의 세상에 혼자 첫발을 내딛었다.

다른 사람들에게 물어볼 수도 없고 참고해 볼 만한 선례조차 없는 순백의 길을 오로지 제 힘으로 걷고 있는 것이다.

대단하다면 대단한 일.

누군가는 희열을 느낄 것이고, 또 다른 누군가는 경의를 표하며 경건히 발을 내딛을 테지만…….

진유청 자신은 글쎄…….

그냥 기분이… 기분이 아주…….

더럽다.

아무도 밟지 않은 흰 눈에 첫 발자국을 남기는 것에 어떤 의미를 두는 사람도 있겠지만 진유청 자신은 안 그렇다.

내가 나이가 몇인데 첫눈 본 개새끼마냥 꼬리를 흔들며 눈밭 위를 뛰어다니겠어, 안 그래?

그것도 자신의 의지로 걸어간 게 아니라 쫓기듯 내몰린 길인 것을!

무릇 배움이란 스스로 원해서 행하고, 좋은 스승 밑에서 좋은 교재로 즐겁게 공부하는 게 최고 아니겠어?

그런데 진유청 자신은 저 중 어느 하나도 포함되지 않았다.

좋은 스승은 그냥 포기하겠다 이거야, 하지만 좋은 교재에선 완전 꽝이다.

그러고 보면 불귀곡 비급을 남긴 사람은 대체 누구일까?

돌아갈 수 없는 계곡이란 이름까지 떡하니 지어 놓고도, 그곳을 찾아갈 방법을 아주 난해하게 적어 놓은 장보도를 흘린 걸 보면 그 사람도 제정신은 아닌 거 같은데 말이다.

이번 일이 끝나면 한 번 찾아가 봐야겠다.

덮어 버릴 수도 없고, 묻어 버릴 수도 없긴 하지만……. 미리 알아 두어 나쁠 건 없겠지.

적을 상대하려면 탐색하여 정보를 얻어 두는 건 필수 아니겠나.

이참에 가서 불귀곡으로 가는 길목에 있던 커다란 돌에 새겨져 있던 이름이라도 바꿔야겠다.

그런 침침한 이름을 써 놓으니 사람들이 뭐가 있나 보다 하고 불나방처럼 달려들지!

뭐라고 할까?

극락곡? 희망곡?

흐음. 왠지 한 번 들어가면 나오지 못하는 게 아니라, 나오기 싫어질 거 같은 이름이잖아?

이거, 사람들이 더 미친 듯이 달려드는 거 아닐까?

진유청이 너무 진지한 얼굴로 상념에 잠겨 있자 주위에 있던 이들이 감히 말을 걸지 못한다.

“걱정이 많이 되나 보네.”

장웅이 안타까운 어조로 하는 말에 오자경이 한숨을 내쉰다.

“그렇겠지. 당장 가서 너는 목숨이 여벌로 몇 개는 달려 있냐며, 멱살을 잡고 두들겨 패고 싶은데 찾을 도리가 없으니 얼마나 답답하겠어. 안 그래?”

나 같으면 그랬을 거야, 라고 눈을 빛내는 오자경으로 인해 장웅이 멍하니 입을 벌린다.

그리고 장웅 자신이 이런 고난에 처했을 땐 이현이면 몰라도 자경이는 절대 부르지 말아야겠단 결심이 샘솟았다.

“어쨌건 여기서 계속 시간만 죽이고 있을 수는 없는 노릇이니. 유청아.”

“에? 네?”

아무것도 없다는 걸 강조한 무무곡에, 있을까 없을까 알아서 생각하란 유무곡까지……. 별의별 이름을 다 떠올리고 있던 진유청이 깜짝 놀라 자신을 부르는 오자경을 바라본다.

“그냥 찍자. 무림맹이 있는 형문산과 제갈세가가 있는 무창 인근을 제외하고, 네 친구가 갔을 만한 길을 몇 개 고른 뒤 그중 하나를 샅샅이 뒤져 보는 거다.”

“너무 가능성이 낮지 않나?”

장웅이 말리려 들자 오자경이 되물었다.

"그럼 다른 좋은 수라도 있냐?"

뭐라도 해야지, 아무것도 안 하고 손 놓고 발만 동동 구르고 있을 거면 굳이 여기까지 올 이유가 없지 않나.

"그건 그렇지만 그래도……."

모든 선택이 그러하겠지만 이번 선택의 반대급부는 더욱더 참혹하다.

선택의 화살이 자신의 가슴이 아닌 타인, 그것도 친구를 향해 날아가기 때문이다.

만날 수 있는 길을 골라 갔다면 천만다행이지만, 그렇지 못하면 정한수가 있는 곳이 아닌 다른 곳을 선택한 것에 대해 내내 후회하고 자책해야 할 테니까.

현재 일행 중 이 일에 대한 선택권을 갖고 있는 사람은 유청이다.

장웅은 녀석에게 그렇게 큰 책임감을 짊어지게 하고 싶지 않았다.

그리고 그건 오자경도 마찬가지였던 듯.

"내가 찍을 게. 안 그래도 그러려고 했다. 사실, 내가 어렸을 때부터 찍기는 자신 있으니까."

만약 후회할 일이 생기면 원망은 오자경 자신이 떠맡을 터.

그쯤은 아무것도 아니란 자신이 있어 나서는 게 아니라, 차라리 자신이 힘든 게 낫다고 여기기에 이러는 거다.

"…아냐. 내가 할 게. 솔직히, 보이는 거랑 다르게 자경이 보단 내가 머리가 더 좋으니까."

장웅이 드디어 쉽게 드러내지 않던 자신의 진면목을 내보이지만.

"곰이 육갑하고 자빠졌네."

돌아오는 건 오자경의 코웃음소리뿐이다.

"갔을 것 같은 길은 많고 가지 않았을 것 같은 길은 적다면……. 차라리 적은 수를 선택해 가능성을 높이는 건 어떻겠느냐."

"네?"

갑작스럽게 귀에 파고든 강수의 말에 오자경과 장웅이 이해가 안 됐는지 눈을 깜빡거린다.

"강수 아저씨는 한수가 갔을 거 같은 길 열 개 중 하나를 고르는 것보다는 가지 않았을 거 같은 길 두 개 중 하나를 고르는 게 더 낫지 않겠냐 이 말씀이신 거 같은데요?"

진유청이 풀어 설명해 주자 그제야 장웅과 오자경이 이해를 한다.

확실히 하자면 강수가 한 말의 뜻을 알아들었다는 거지, 그것이 상식적으로 납득 가능한 수준이라는 데에 동의한 건 절대 아니다.

"그, 그런… 시, 신선한 생각을 해내시다니요!"

여, 역시 우리 사부님!

오자경이 눈가를 푸들푸들 떨며 억지로 맞장구를 친다.

하나 말한 사람이 강수가 아니었으면 쌍욕이 바로 튀어나왔을 거란 걸 여기 있는 이들 중 모르는 이는 없다.

평소답지 않게 말까지 더듬는 걸 보면 확실했다.

오자경은 차마 자기 입으론 사부님의 말씀에 반박할 수 없어 옆에 있는 애꿎은 장웅의 옆구리만 찔러댔다.

이러다 옆구리에 구멍 나겠다 싶은 장웅이 어쩔 수 없이 나선다.

"추격하는 화산파 제자들의 허를 찌르는 방법이긴 하겠으나 위험부담이 너무 크지 않겠습니까. 거기다 방법 또한 너무 단순하니 화산파에서도 그 정도는 충분히 예상하고 있을 겁니다."

그런데도 불구하고 그 근방에 화산파 제자들이 보이지 않는 까닭은……. 설마 소운찬과 정한수가 늑대를 피하려고 범의 아가리 속으로 기어들어 가는 실수를 할 만큼 멍청하다곤 도저히 생각할 수 없어서다.

아무리 화산파라 해도 무림맹이 있는 형문산이나 제갈세가가 있는 무창을 헤집고 다니기는 무리일 테니 추적을 피하기엔 확실히 좋은 장소겠지만…….

그뿐이다.

화산파 제자들의 추격은 피할 수 있겠지만 제 앞마당에 들어온 손님을 순순히 놔줄 무림맹이나 제갈세가가 아니었으므로.

무림맹이나 제갈세가가 화산의 수치스러운 일에 대놓고 신경을 써서 화산의 속을 긁는 행동을 하지는 않겠지만, 그렇다고 뒤에서도 손을 가만히 놀리고 있지는 않을 것이다.

동심회에 속해 있는 소림, 무당, 개방을 제외한 다른 문파들이 무림맹 내에서 벌이는 파벌 싸움은 극에 달한 상태고 거기서 조금이라도 우위를 차지하기 위해선 타 문파의 약점을 잡아 이득을 취하는 건 그들에게 너무 당연한 일이 아니겠나.

이런 와중에 화산파의 장문인에 최고 후기지수라는 정한수가 제 발로 걸어 들어온다면 군침을 흘리지 않을 리가 없다.

화산의 대장로로선 두고두고 후환이 될 장문인을 되찾아와 정리해야 앞으로의 행보가 자유로울 수 있으니 만약 타 문파에서 암중에 협상을 걸어온다면 꽤 큰 손해를 입게 된다 해도 받아들여야 할 터.

소운찬과 정한수가 만약 무림맹 내의 타 문파들이나 제갈세가에 잡히면 더 큰 위험과 모욕을 당하게 된다는 뜻이다.

거기다가 타 문파들은, 자파를 나와 길을 나누어 추격해야 했던 화산에 비해 자기들에게 익숙한 장소에 힘을 집약해 손을 쓸 수 있다는 이점까지 더해지니 소운찬과 정한수가 형문산이나 무창 쪽으로 방향을 잡았을 가능성은 극히 드물었다.

"저 곰탱이가 드물게 옳은 말을 하는 거 같습니다. 화산파 대장로를 엿 먹이기로 작정하지 않고서야……?"

말을 하다 말고 오자경이 콧잔등을 찡긋거린다. 그리고는 진유청을 돌아봤다.

입술을 쫑긋거리며 할 말이 있다는 얼굴이 아닌가.

아아, 유유상종이렷다.

유청이 저 녀석 친구인데다 하방의 소견 정한수 하면 알아주는 놈이었다니 불길함이 솟구친다.

"나 왠지 유청이 네가 뭐라고 하려는지 알 것 같아."

오자경이 팔짱 낀 손으로 소름이 돋아난 팔뚝을 슥슥 쓸어내리더니 말을 잇는다.

"그래서 어딘데? 둘 중 어디로 찍을 거냐?"

오자경의 물음에 진유청이 두 번 고민도 하지 않고 대답했다.

만약 자신이 이런 상황에 처했다면 주저 없이 선택했을 장소였으니까.

"무림맹이요."

단일 세력인 제갈세가가 있는 무창은 들어가기도 어렵지만 빠져나오기는 더더욱 어려운 곳.

워낙에도 머리 쓰는 거 좋아하는 가문이다 보니 이런 일에 관심이 많을 텐데…….

남궁세가의 대공자인 남궁민과 제갈미미의 혼약 이후 두 가문 사이의 관계가 더욱 돈독해졌기에, 그가 예의 주시하고 있는 화산파의 일이다 보니 더욱 신경을 쓸 가능성이 높았다.

그에 비해 무림맹은 하나의 이름을 달고 있지만 여러 문파들이 제각각 움직이는 곳이다.

게다가 그 안엔, 자파의 일로 인해 화산으로 돌아가 예전에 비하면 그 수가 적긴 하겠지만 화산파의 제자들도 포함돼 있을 게 아닌가.

화산파에서야 이런 수치스러운 일에 타 문파의 도움을 청할 리 만무하니 그들의 눈치를 보지 않을 순 없을 거다.

여러 문파들이 서로를 감시하며 움직일 테니 그만큼 틈도 벌어져 도망칠 구멍이 만들어질 여지도 생기고.

물론, 좋은 점만 있을 리가 있겠나.

나쁜 점은 그보다 더 많다.

서로 이득이 부합하는 문파끼리 손을 잡고 수색을 하기 시작하면, 답이 없다는 거.

그리고 각 문파에서 쏟아져 나올 추격자들의 수는 제갈세가에 비할 바가 아닐 거란 것도 유의해야 한다.

객관적으로 따졌을 때, 가지 않는 게 나을 두 갈래 길 중 하나를 군이 골라야 한다면 제갈세가가 있는 무창으로 향함이 그나마 나았다.

한데도 일부러 무림맹을 고른 건, 제갈세가에 비해 각종 이해관계가 첨예하게 대립하는 그곳이 자신의 역량으로 주변 상황을 이용할 수 있는 폭이 크기 때문.

진유청은 다른 어떤 불리한 점이 있더라도 스스로 상황을 이끌어 갈 여지가 크다는 장점이 덮을 수 있다 여겼고, 한수도 자신과 같은 판단을 했으리라 믿어 의심치 않았다.

오자경이 한 말 대로 화산파 대장로를 비롯해 미운 놈들 엿이나 먹으라고 보시하는 마음도 포함해서 말이다.

"정말 무림맹이 있는 쪽으로 갔다면, 한수란 녀석도 보통은 아니겠다."

그러니 이런 사고도 쳤겠지만……. 사실, 이건 사고라 하기도 애매한 부분이 너무 많았다.

제 녀석이 믿는 신념과 정의를 시키기 위해 목숨을 건 것이니.

열일곱 살. 이제 막 소년의 티를 벗고 남자가 된 나이다.

아직은 어리고, 하나 마냥 어리지만은 않은.

"대체 어떤 녀석인지 궁금하다."

오자경이 혀를 내두른다.

자신은 그 나이 때 뭘 했나 싶은 게…….

"산적소탕 정도론 이름도 못 내밀겠군."

오자경이 십대 중후반을 함께 보내며 강호행을 했던 장

웅을 돌아보더니 한숨을 푹 쉰다.

"왜?"

장웅이 영문을 몰라 오자경에게 이유를 묻지만 오자경은 어깨만 으쓱거릴 뿐 아무 대답도 해 주지 않는다.

느낌이 안 좋았던 장웅이 눈을 게슴츠레 뜨고 오자경과 시선을 맞추며 재촉하자 그가 어쩔 수 없다는 듯이, 하지만 입이 근질거렸다는 기색이 확연한 얼굴로 말했다.

"그냥. 이뤄 놓은 건 없어도, 최소한 난 짐승은 아니잖아."

그, 그러냐?

오자경의 대답에 장웅의 머릿속에 광웅(狂雄)이란 자신의 새로운 별호가 번쩍거렸다.

자연히 광웅이란 별호의 시초가 된 뇌웅이란 별호를 지어 준 진유청에게 원망의 눈길이 향하지만.

"뭘 봐요?"

순순히 받아 줄 진유청이 아니다.

"아, 아니 그냥."

자신이 잘못한 것도 아닌데 왜 자꾸 쪼그라들까.

"얼른 움직입시다. 한수 녀석이 무림맹이 있는 지역에 발을 내딛은 후면 이미 늦습니다. 최대한 빨리 따라가서 뒷목을 잡아채야지요."

아무리 빨리 도망쳤어도 아직 형문산이 있는 의창 인근

엔 다다르지 못했을 터.

앞으론 시간 싸움이다.

화산파가 먼저 덮치느냐, 정한수가 먼저 의창에 들어가느냐, 자신들이 먼저 정한수를 잡아채느냐!

"근데… 유청이 너 진짜 괜찮냐?"

"뭐가요?"

"여기까지 오는 동안에도 무리한 게 아닌가 싶어서 말이다."

다들 경공을 사용했는데도 진유청은 조금도 뒤처지지 않고 따라왔다.

일행 중 진유청의 무공이 가장 처지는 터라, 얼마나 속이 타면 없던 힘을 쥐어짜나 싶어 다들 내색치 않고 달려왔지만 이젠 한계에 닿았을 때가 됐다.

너무 무리하여 온몸의 기운을 뽑아 쓰다간 내부가 망가진다. 아무리 친구가 걱정된다 해도 그건 아니지.

"걱정하지 마세요. 자경이 형은 제가 저한테 손해 날 짓하는 사람으로 보이세요?"

진유청이 아무 문제없다는 듯 손사래를 치지만 어쩐지 그게 더 불안하다.

저 녀석이 혹여 친구를 구하는 게 자기 몸 보살피는 것보다 이득이라고 생각하면 어쩌나 걱정하는 거다.

"진짜라니까 안 믿으시네."

진유청이 혀를 차며 제 손을 강수를 향해 뻗었다.

"확인해 보세요."

내부에 무리가 갔으면 안의 기운도 흔들렸을 테니 맥을 짚어 속을 들여다보란 뜻이다.

강수가 의원은 아니지만 제 몸을 극한으로 사용하는 방법을 익히고 단련하는 무림인들의 특성상 상대가 저항하지만 않는다면, 기운을 감지하고 그것의 성향을 파악하는 건 그리 어려운 일이 아니었다.

잠시 망설이며 저 자신감을 믿어야 하나 고민하던 강수가 이내 진유청의 손을 잡았다.

아직은 제 몸보다 마음이 앞설 나이가 아닌가.

어른 된 입장에서 자신이 나서서 신경 쓰고, 유청이 원치 않더라도 제지해야 할 땐 막아서야 했다.

그러지 않으면 훗날 아이가 정말 중요한 선택을 해야 할 때, 스스로를 위해 할 수 있는 부분이 너무 적어져 버릴 테니까.

"으음."

진유청의 기운을 느끼려 정신을 집중하는 순간, 강수는 기묘한 경험을 해야 했다.

처음엔 아무것도 느껴지지 않아 당황하다가 곧 청아한 바람이 손바닥을 간질이는 거다.

이게 뭔가 싶어 자신의 기운을 불어넣어 살며시 눌러 보니 강하게 반발하거나 튕겨 내지 않고 고요하게 자신을 끌어들여 부드럽게 얽혔다가 자연스레 되돌려 보낸다.

대체 뭘까.

되돌아온 자신의 기운에서 묻어나는 청량함이 서서히 퍼져 나가며 오히려 도움을 준다?

"왜 그러십니까, 사부님?"

오자경이 걱정스레 묻자 미간을 찡그리고 있던 강수가 고갤 저으며 눈을 떴다.

어느새 자신이 눈을 감고 있었는지도 인식하지 못하고 있었단 걸 깨닫는다.

"아니다. 당장 이렇다 할 문제는 없는 거 같다."

후에 닥칠 큰 문제는 있는 거 같지만, 이걸 뭐라 표현해야 할지 감이 오지 않았다.

사람을 편하게 하고 북돋워 주는 기운이니 최소한 나빠진 않은 거라 생각하지만 자신도 처음 겪는 것인지라…….

어쩌면 이것이 바로 홍개와 청운자가 진유청을 그토록 탐내게 했다던 '선기'일지도 모른다는 추측이 들지만, 지금은 어떻게 확인할 방법이 없었다.

강수는 후에 하남으로 돌아가 진호철과 이야기를 나누기로 결정하고 일을 매듭짓는다.

"이만 가자. 유청이가 멈추자고 할 때까진 쉬지 않고 달려도 괜찮을 거 같다."

그것보라니까요?

진유청이 자기 말이 맞지 않냐 하는 듯이 어깨를 으쓱거린다.

"저는 이 상황이 이해가 가지 않습니다만. 진 공자님은 중요한 분이시니 더욱 신경을 써야 하지 않겠습니까. 그러니 강 대협께선 제게 좀 더 설명을 해 주셨으면 합니다."

모팔이 접객실을 나서려는 사람들을 막아서려 하지만.

"상단주 어르신께선 제 성격을 빤히 아는데 왜 모 대협 같은 분을 보내셨을까요?"

진유청이 그를 빤히 바라보며 대놓고 묻는다.

"그건 모두 진 공자님을 걱정해서……."

모팔이 안색 하나 변하지 않고 대답한다.

상단주 단리종이 모팔 자신에게 진유청의 안전을 부탁한 건 사실이었으니.

"그렇다면 혜아도 이렇게 될지 알고 보낸 거겠네요? 목 빼고 기루 좀 바라봤다가 산판알에 대가리가 깨질 뻔했던 거 말이에요."

진유청의 말에 모팔의 안색이 처음으로 변했다.

오라, 상단주 어르신은 안 무서워도 혜아 고 꼬리 아홉 개 달린 여우 녀석은 무섭다 이거지?

"어, 언제 대가리가 깨질 뻔했단 겁니까? 다 알아서 잘 피해서 뿌린……."

진유청의 생각대로 모팔이 두툼한 팔을 허우적대며 부정한다.

"자경이 형. 형이랑 나랑 정말 큰일 날 뻔했지 않았어?"

진유청이 오자경을 향해 턱짓을 하며 말하자 그가 금세 유청이의 속내를 눈치채곤 맞장구를 쳤다.

"그럼! 내가 감싸 주지 않았다면 그 산판알이 어디에 어떻게 박혔을지……. 까딱 잘못했다간 눈요기 한 번 한 값으로 골로 갈 뻔했어!"

죽이 잘 맞는 오자경과 진유청이 합심하여 모팔을 구석으로 몰아가자 그가 거친 숨을 내뿜는다.

멧돼지 같다 했더니만, 진짜로 바로 와서 들이박을 기세다.

"무서워라. 팔다리 분질러 먹을 기세로 저러니 심장이 다 떨리는데……. 무공도 제대로 못 익힌 내가 이렇게 괄시를 받고 있는데 '혜아' 는 이 사실을 알까 몰라!"

진유청이 하나도 안 무서운 표정으로 엄살을 떨며 이죽거린다.

진유청은 일단 작정을 하면 눈에 뵈는 게 없는 녀석이었다.

그나마 아직 본격적으로 나서지 않았으니 이만한 거라는 걸 모팔은 아직은 알지 못한다.

내내 공손한 척 진유청을 떠받들던 모팔의 눈에서 불똥

이 튄 것이다.

그가 두툼하게 살이 접혀 있는 뒷목을 이리저리 움직이며 험상궂은 기운을 피어 올리자, 곁에 있던 치호가 한 팔을 내밀어 모팔의 가슴팍을 막았다.

그리곤 나직하게 속삭인다.

"그러게 석이 그 사람도 딸 가진 아비라 그러는 것뿐이라 하지 않았는가. 이만하게. 더 이상 문제를 일으키면 상단주 어르신은 물론 혜아 아가씨를 뵐 낯이 없을 걸세."

"하지만……."

모팔은 치호와 함께 금오상단의 일을 도와주며 오래 머문 식객이었다.

단리석이 혼인을 하고 그의 부인이 단리혜를 낳다 죽는 거까지 모두 지켜본 거다.

그러니 단리종의 부탁에 흔쾌히 나섰고 단리석의 부탁에 진유청을 살피며 녀석이 정말 혜아의 배필 될 자격이 있는지 확인하려 했다.

혜아는 자신들에게도 딸 같은 존재이다 보니 원래 성격에 더해진 개인적인 감정이 사달을 일으키긴 했으나……

모팔은, 말수가 적은데다 무뚝뚝한 성격의 단리석이 진유청에 대해 드물게 긴 말을 늘어놓다가 마지막에 덧붙인 얘기를 잊을 수가 없었다.

"요사스러운 녀석!"

진유청이 검지로 귓구멍을 후벼 판다.

저거 내 얘긴가?

내가 잘못들은 거 아니지?

이렇게 순수하고 상큼하게 잘 자란 열일곱이 뭐가 요사스럽다고 저 난리래?

"아저씨, 제 말 잘 들으세요."

방금 전의 모 대협은 어디론가 흔적도 없이 사라지고, 모 팔은 한순간 아저씨가 돼 버린다.

"이건 아주, 아주, 아주 약하게 한 겁니다. 사람이 진심으로 대하면 진심으로 답해 주십시오. 장난질이나 치며 서로 탐색을 할 만큼 현재 상황이 좋은 편은 아니지 않습니까. 만약 그렇게 못하겠다면 여기 남으시고요."

경고했는데도 불구하고 부득불 따라나섰다가 또 자신의 비위를 뒤틀면 그때는 가만히 안 있겠다는 확실한 의사 표현이었다.

드득!

접객실의 문이 열리고 진유청이 먼저 밖으로 나갔다.

일행이 그 뒤를 쫓는데 모팔만 석상처럼 굳은 채 서서 움직이지 않는다.

"안 갈 텐가?"

치호가 그를 툭 치며 묻자 모팔이 이마에 깊은 주름을 잡으며 고갤 저었다.

“가야지. 가서 뭐가 저 녀석을 저리 당당하게 하는지 내 눈으로 확인해 봐야겠네.”

설마 동심회주라는 제 아비와 날개를 단 호랑이라는 제 형을 믿고 저리 날뛰는 거라면…….

혜아의 배필은커녕 금오상단에 발 딛을 자격도 없는 놈인 것이다!

하나 단리석에게 듣기론, 진가장의 성세가 과거엔 보잘 것없었으나 그때도 현재와 다를 바 없이 요사스럽기 그지없는 꼬맹이였다 하니…….

뭔가 있어도 있겠지!

모팔은 그 ‘뭔가’ 를 제 눈으로 확인하지 않으면, 열일곱 밖에 안 먹은 어린놈이 던진 말 몇 마디로 자신이 궁지에 몰렸다는 것에 대해 분이 풀리지 않을 거 같았다.

단리석이 오래전부터 가졌던 궁금증이 모팔에게 전염된 것이다.

“이러다 놓치겠네. 어서 가세나.”

모팔이 치호에게 말한 뒤 성큼성큼 걸음을 옮겼다.

第四章

화산을 위한 정의!

콰앙!

화산의 대장로인 악기태가 탁자를 손바닥으로 내리친다.

그는 현재 엄청나게 짜증이 나 있는 상태로, 자신이 오랫동안 공을 들인 먹잇감을 애제자였던 정한수가 채갔다는 걸 이해할 수 없을뿐더러 절대 용납할 수도 없었다.

"왜 아무 소식도 없는 게냐!"

장문인 소운찬과 정한수를 잡기 위해 화산에서 사용할 수 있는 여력을 모두 뽑아 섬서에서 호북까지 가는 길을 덮었건만 아직도 잡지 못했다는 게 말이나 되나 싶다.

"그게… 장문인과 한수 그 녀석이 쥐새끼처럼 요리조리 빠져나가는 바람에 그만……."

“그래서 자네는 그들을 잡지 않을 텐가? 아니면 워낙 도
망을 잘 치니 그냥 놓아주란 소린가.”

대장로 악기태의 싸늘한 물음에 입을 열었던 장로가 사
색이 돼 고개를 푹 숙인다.

“제가 실언을 하였습니다, 대장로님! 당연히 그들을 잡
아야지요! 저를 보내 주시면 목숨을 바쳐서라도 어떻게든
그 쥐새끼들을 화산으로 끌고 오겠습니다!”

“흥!”

나직하게 콧방귀를 뀌는 악기태의 굳은 얼굴은 풀릴 기
미가 보이지 않는다.

“사부님, 아무래도 제자들의 동요가 커서 수색에 차질을
빚게 되는 모양입니다.”

악기태가 그게 무슨 뜻이냐는 듯 자신의 첫 번째 제자인
전용후를 돌아봤다.

“그렇지 않아도 화산검수나 일반 제자들에게 한수가 끼
치는 영향이 제법 크지 않았습니까. 그랬던 것이 이번 일로
더욱 치장돼, 녀석의 행동이 정의로운 것으로 탈바꿈했나
봅니다.”

“뭐라고?”

악기태가 언성을 높이지만 전용후는 주눅 들지 않고 제
할 말을 이어 나갔다.

“그렇지 않고서야 한수가 아무리 화산 제일 후기지수라

불릴 정도의 실력이라 해도 장문인이란 혹까지 달고 있는 마당에, 몇 번이나 추격대와 맞닥트려 접전을 벌였음에도 아직까지 잡히지 않고 도망 다닐 수 있겠습니까.”

아무리 연이상단의 일을 돕기 위해 파견돼, 장로급과 화산검수들의 숫자가 많이 비긴 했어도 그것만으로 치부하기엔 말이 안 되는 상황이었던 것이다.

장로급 몇과 그들의 제자, 혹은 앞으로 화산의 중심이 될 인재들에게 주어지는 칭호인 화산검수들이 주축을 이룬 추격대엔 일반 제자들의 수가 가장 많았다.

장로급이 수색을 총지휘하고, 화산검수들이 명령에 따라 이대제자들을 데리고 움직인 것이다.

한데 장로급들이 아무리 닦달을 하며 쥐 몰이를 하려 해도 그들의 명령을 실행에 옮기는 화산검수와 일반 제자들에게서 구멍이 생겨나니 어찌 소운찬과 정한수를 잡을 수 있겠는가.

“그게 정말이더냐!”

“셋째인 사총이가 전한 보고에 따르면 접전이 벌어졌을 때, 반도들이 쉬지 않고 자신들은 함정에 빠졌을 뿐 죄가 없다 주장하며 제자들을 현혹하고 있다고 합니다.”

직접적인 근거까지 제시되자 대장로 악기태의 얼굴이 붉으락푸르락 해진다.

“장문인, 끝까지 내 앞길을 막을 작정이란 말이오!”

꽉 다문 그의 잇새로 노기 섞인 분노가 흐릿하게 피어올랐다.

악기태는 전대 장문인이자 자신의 사형이 죽었을 때 자신이 그 뒤를 이을 거라 믿어 의심치 않았다.

한데 사형은 제 욕심만 차리며 정사를 구분하지 못하고 아무런 재능도 없는 자기 제자에게 장문인 자리를 넘겨준 거다.

제 능력도 알지 못하는 멍청한 사질은 돌아가신 사부의 유지를 어길 수 없다며 어쩔 수 없다는 듯이 분수에도 안 맞는 장문인 자리에 올라 화산을 쇠퇴지경에 빠지게 했고.

악기태는 정을 못 끊어 화산을 망친 사형과 사질을 용서할 수 없었다.

만약 소운찬이 사숙이자 대장로인 악기태에게 전권을 위임하고 뒤로 물러나 있지 않았다면 그의 목숨은 오래전에 끝나 있을지도 몰랐다.

소운찬의 무욕이 그 자신을 지키고, 악기태의 야욕을 저지하고 있었던 거나 마찬가지다.

"장문인이야 그렇다 쳐도 한수가 문제입니다. 현재 상황을 이렇게 엉망으로 꼬아간 게 바로 한수 그 녀석 아닙니까."

장문인 혼자서는 화산을 빠져나갈 힘도, 아직까지 잡히지 않고 도망칠 역량도 없으니 전용후의 말은 옳다.

하나.

"너는 꼭 과거의 나를 보는 거 같구나."

악기태가 전용후를 향해 말했다.

전용후 본인은 애써 내색치 않으려 하지만 그의 눈동자 깊숙한 곳에 도사리고 있는 정한수를 향한 미움과 증오를 악기태는 이미 예전부터 알아채고 있었다.

그것은 마치 자신이 사형이었던 전대 장문인을 바라보던 눈빛과 같았으니까.

악기태의 말에 전용후가 시선을 피하며 눈을 내리깐다.

사부가 한 가지 말을 뱉으면 그 안엔 적어도 세 가지 이상의 뜻이 담겨 있어 들리는 그대로만 이해해선 안 됐기에.

보통의 경우라면 자신의 제자가 자기를 닮았다는 말은 보람이나 기쁨을 표현하는 칭찬으로 여길 수 있겠지만, 자신의 사부는 당신과는 전혀 닮지 않은 막내 사제 정한수를 가장 총애했다.

사부인 악기태와도, 첫째인 전용후와도 아주 다른 정한수를 그답지 않게 아끼고 챙기며 후계자로 다듬었던 거다.

그 사실로 미루어 보건대 사부는 자기와 꼭 닮은 자신을 배척하고 있었다.

까마득하게 어린 막내 사제에게조차 밀리는 대사형이란 직위가 얼마나 덧없는지 사부는 알까.

까마득하게 어린 사제가 하루가 다르게 쑥쑥 자라나 자신의 목전까지 치고 오르는 걸 보며 마음 졸이면서도 그래도 자신이 대사형이고, 사부를 꼭 닮아 무공 외의 것은 훨씬 나은 편이니 언젠간 사부님께서 자신도 봐주시겠지 생각하며 기다려 왔다.

어린 사제가 철이 없어, 사고를 치고 문제를 일으킬 때마다 아무 말 없이 뒤를 봐주며 무마했던 것도 그런 이유다.

그 녀석을 아끼거나 귀여워해서가 아니었다.

자신이 뒤를 다 봐줄 테니 무공만 뛰어난 바보로 자라길 바라서였다.

만약 그리된다면, 훗날 자신이 장문인이 됐을 쯤엔 막내 사제를 진심으로 좋아하게 될 수 있을지도 모른다고 여겼다.

한데 자신의 바람대로 잘 자라며, 갈수록 눈과 귀를 닫아 가던 정한수가 무림학관에 다녀온 이후 달라졌다.

그것도 완전히 변한 게 아니라, 나쁜 점은 고치고 제가 가진 빛나는 것은 온전히 보전한 채 거기에 깊이만 더했다.

대체 무림학관에서 무슨 일이 있었는지 알 수 없지만, 뭔가가 자신의 어린 막내 사제를 좋은 방향으로 성장시켰다.

무엇일까.

전용후는 아직도 그게 뭔지 알 수 없었지만, 대신 다른 한 가지는 안다.

이제 더 이상은 자신의 막내 사제와는 같은 화산에서 함께 있을 수 없다는 것.

"이번 일을 제게 전적으로 맡겨 주십시오."

"네게?"

악기태가 마땅찮다는 듯이 되묻는다.

"사부님께서 주인도 없는 화산을 두고 직접 움직이실 순 없지 않습니까. 연이상단과의 일도 있고 하니, 이곳에서 중심을 잡아 주셔야지요. 제가 나서서, 사부님의 기대를 실망시키는 일이 절대 없도록 이번 일을 처리하겠습니다."

삼 년쯤 됐나.

화산의 장로였던 심인학이 연이상단의 중간 관리인 염창명의 청탁을 받아 독단적으로 했던 행동은 이후 내내 대장로의 걸림돌이 됐다.

연이상단에선 화산의 일 처리가 얼마나 답답했으면 염창명이 혼자 나서서 해결을 보려 했다가 이런 사달을 일으켰겠냐며 모든 비난의 화살을 화산파로 돌렸다.

그 여파로 인해 주동사이자 화산과 연이상단의 기교 역할을 했던 염창명이 제거된 건 당연한 일이었고, 또 다른 주동자인 화산의 심인학은 하남성 인근에서 죽임을 당한 채 발견됐기에 그를 대신하여 화산이 책임을 져야 했다.

죽기 전 고문으로 알아낸 염창명의 말에 의하면 심인학과 그의 제자들, 그리고 연이상단 소속 무사들은 하남 진가장의 첫째를 덮치기 위해 그곳으로 갔다고 하는데…….

다른 사람은 몰라도 심인학은 화산에서도 손꼽히는 검을 쓰는 장로이니 진이현 같은 애송이가 상대할 수 있는 인물이 아니다.

거기다가 그 정도 인원 중 한두 명도 도망을 치지 못하고 몰살시켰을 만한 세력이 천지 어디에서 갑자기 튀어나왔는지에 대해서도 의문이 지워지지 않았다.

혹여 하남의 무림인들이나 소림이 엮인 건 아닌가도 의심해 봤으나, 그랬다면 그들에게서 어떤 말이건 나왔어야 하는데 그렇지도 않고 조용하기만 했다.

상대가 나서서 질타를 하지 않는데 자신들이 지레 찔린 나머지 먼저 변명하고 상황을 덮기 위해 힘을 쓸 수도 없는 노릇이 아닌가.

그랬다간 긁어 부스럼이 되기 십상.

심인학의 죽음과 관련하여 화산은 연이상단의 비난을 제외하면 아무것도 잃은 게 없었다.

다행이라고 덮어 두기엔 너무 큰 사안인지라 오히려 찝찝했다.

하나 화산은 하남을 계속 주시하며 신경을 쏟을 시간이 없었다.

심인학 사건으로 인해 연이상단과 벌어진 틈을 메워야 했으므로.

처음에 악기태는 황제를 뒷배로 두고 가파르게 세를 확장하는 연이상단의 곁에서 많은 이득을 얻다가 언제라도 자신이 원할 때 새롭게 선을 긋고 방향을 틀 수 있다 여겼다.

황궁이 직접적으로 나설 수 없는 한 연이상단은 저력이 있는 상단일 뿐, 그 이상은 될 수 없다 여겼기 때문이다.

악기태의 판단이 딱히 틀렸다곤 할 수 없지만 그가 연이상단과 슬슬 거리를 벌여야겠다고 마음먹었을 쯤엔 발을 빼기에 너무 늦어 버린 상황이었다.

연이상단이 주는 과실은 너무 달콤했고, 악기태는 단내에 취해 해선 안 될 짓을 너무 많이 해 버린 거다.

자신은 이미 늪인지도 모를 진창에 한발을 깊숙이 담근 후였다.

그것도 모자라 … 가장 큰 문제는…….

그 늪에서 빠져나오고 싶지 않다는 사실.

그러다 보니 여기까지 오게 됐다.

정신을 차려 보니 화산은 살이 쪄 기름기가 반질반질 흐르고, 악기태 자신의 꿈이었던 장문인 자리는 바로 눈앞에 있다.

한 걸음만 더 걸으면 되는데, 그것을 막아선 이가 자신이 다른 녀석들과 차별하여 특별히 아껴 주던 아이였단 사실이 갑자기 우스워졌다.

"그래. 용후, 네가 하여라."

전용후의 눈이 커진다.

자신이 먼저 청했고, 별다른 문제가 없다면 허락하실 사안이라 여겨 얘기한 건데도 왜 이렇게 놀랐는지 자신도 모르겠다.

"죽여도 상관없으니, 시체라도 화산으로 끌고 와라. 최대한 빨리!"

"네! 알겠습니다!"

전용후가 눈을 번뜩이며 큰 소리로 대답했다.

대제자인 전용후가 허리를 깊숙이 숙여 보인 뒤 취의청을 나서자 대장로인 악기태가 남아 있는 장로들을 바라봤다.

"하명하십시오."

장로들은 벌써 악기태가 장문인이라도 된 듯 행동했다.

"화산의 반도들에 대한 건 봤다시피 용후에게 맡겨 두었으니 그리 아시게나."

장로급들을 더 보내는 것도 나쁘진 않겠지만 주인이 없는 화산의 구심점이 돼야 할 자신의 곁이 너무 비어 있으면 주변이 동요한다.

비록 악기태가 화산의 전권을 잡은 지 꽤 돼 모든 일이 그의 위주로 돌아갔다 해도, 장문인이란 상징적인 존재가 주는 감흥은 아래 배분으로 내려갈수록 파급력이 컸으니까.

그러니 한수 그 녀석의 혀 놀림에 일반 제자들이 더 크게 혹하여 정신을 못 차리는 게지.

"어차피 무림맹에서도 주요 사안은 장문인을 제쳐두고 대장로님과 협의하는 상황 아닙니까. 반도들이 도주한 게 화산의 큰 문제이긴 하나 그렇다고 화산의 위기라곤 할 수 없으니 너무 심려 마십시오.”

장로들이 대장로의 기분을 맞추려 애쓴다.

“……틀린 말은 아니지만, 그렇다고 방심해선 안 되네. 언제 잔물결이 성난 파도로 변해 덮쳐들지 모르는 곳이 바로 무림 아닌가.”

“명심하겠습니다.”

장로들이 고개를 숙이며 입을 하나로 모았다.

장로들의 행동이 마음을 흡족하게 했는지 악기태의 굳었던 낯빛이 누그러진다.

“그럼 이제 연이상단에 대한 이야기를 할 차례로군.”

연이상단과 줄을 대고 있는 문파가 얼마나 되는지는 아직 알려진 바가 없다.

그것은 연이상단과 동맹을 맺고 있는 화산도 마찬가지.

상단과 선을 대고 있는 사실이 알려져 봤자 전통 있는 무림 문파가 세속의 때를 입었단 소리나 들으며 구설에 오를 게 뻔했으니, 다른 문파가 알려지지 않은 만큼 화산에 대한 비밀도 보장된다는 사실에 안도했으나…….

“모용세가도 연이상단과 관계를 맺고 있는 것 같다 하였나?”

“네. 현재로선 모용세가와 점창파가 유력합니다.”

“무림맹에 속해 있는 거대 문파 중에서도 최소한 셋이라.”

화산이 연이상단과 맺고 있는 밀접한 관계로 보건대, 그와 같은 동맹 문파가 둘 혹은 그 이상 있다는 건 실로 놀라운 일이다.

"상계의 일통이라도 노리려는 건가?"

악기태도 한 문파의 우두머리를 노릴 만큼의 능력이 있는 사람이다.

그릇이 크다곤 할 수 없으나, 전체의 흐름을 읽는 눈까지 없지는 않았다.

"표국들을 제압하고, 물류의 흐름을 독점하는 걸로 상계의 일통이 가능하겠습니까?"

장로들 중 하나가 궁금한 듯 묻는다.

그의 머리로는 도통 이해가 가지 않았던 까닭이다.

"쯧쯧."

악기태가 혀를 찬다.

아무리 화산에 틀어박혀, 자신이 벌어다 주는 걸로 호의호식하며 무공 수련에만 열중한다 해도 이렇게나 머리가 안 돌아가서야.

"물건이 움직이지 않으면 상인들이 어찌 돈을 벌 수 있겠나. 자급자족을 하여 버티는 것도 한계가 있을 터. 개인이 소소하게 손에 쥐고 움직이는 걸론 이윤이 크게 남지도 않고 다룰 수 있는 물건에도 제약이 많을 테지. 그렇게 되면 나중엔 표국이나 점포들도 문을 닫지 않을 수 없게 되네. 자네들이 즐기는 용정차만 해도, 그 값이 열 배, 스무 배 뛰어도 사기 어려워 곤란함을 겪게 될 것이야.”

연이상단이 노리는 바다.

각 표국이나 상단들 뒤엔 알게 모르게 거대 문파들, 혹은 관료들이 자리 잡고 있으니 상계의 일통을 이루는 건 어렵겠지만, 물류의 흐름을 손에 쥐고 흔드는 정도는 충분히 가능하다.

그러다 훗날 연이상단 휘하의 표국이 가장 안전하고 빠르게 물품을 주고받을 수 있다는 걸 알게 되면 서서히 판도가 바뀔 것이다.

현재 각 표국을 공격하여 표행을 방해하는 산적들은 훗날 연이상단 소속 표국의 표사들이 될 무인들이다.

산적질 자체가 목표가 아니라, 그것은 다음 단계로 넘어가기 위한 준비 직업일 뿐이었기에 악기태도 크게 거부감을 갖지 않고 용인할 수 있었던 거다.

처음엔 황궁에서 왜 상단을 만들어 그렇게까지 상계에 깊숙이 관여하려 하는지 의혹을 갖았으나 궁금증은 오래가지 않았다.

그들은 조정 관료들에게 자금을 대주는 대상인들을 압박하고, 전국 각지에서 움직이는 물품의 흐름과 종류에 대해 알아내 반역의 빌미를 차단하려 한다고 했다.

그리고 세금의 이동 중 소실되는 부분을 막아 재정을 탄

탄히 하여 황제의 영향력을 강화하려는 목적으로 연이상단이 만들어졌고, 그 뜻을 이루기 위해 상계에서 주도적인 위치에 서서 상황을 조율하려 한다며 악기태를 설득했었다.

"한데 화산만이 아니었다 이거지?"

근래 들어 조금씩 드러나는 흔적들이 말해 준다.

"연이상단이 원하는 게 대체 무엇일까."

상계의 일통?

각 무림 문파들과 관료들을 상대하며 상계를 독점하겠다라?

그게 가능하기나 하단 말인가.

무림일통만큼은 아니더라도 현실적으로 불가능하긴 마찬가지.

"어쩌시렵니까. 연이상단에서 이번엔 화산검수들의 수를 늘려 보내 달라 하지 않았습니까."

본산인 화산을 지켜야 할 무인들에 장문인을 추격하기 위해 뺀 숫자들, 거기에 이미 연이상단으로 파견 나가 있는 이들까지 하면…….

"더는 어렵겠군."

화산이 아무리 거대문파라 하나 마르지 않고 솟아오르는 샘처럼 무사들이 끊임없이 생겨나진 않는다.

"어찌하지요?"

장로들이 불안한 얼굴을 한다.

악기태가 인상을 찌푸렸다.

"연이상단이 화산의 기둥뿌리를 뽑으려 드는 게 아니라면, 일부러 안 보내는 것도 아니고 상황이 여의치 않아 어쩔 수 없는 일에 토를 달겠나!"

처음과는 달리, 점점 연이상단에 화산이 끌려다니는 듯한 기분이 들어 악기태가 불쾌함을 여과 없이 터트린다.

자신들은 대화산파다.

무림맹 소속 거대 문파들 중에서도 가장 성세를 드높이고 있는 대화산파!

한데도 장로란 자들이 어찌 저리 중심을 잡지 못하는가!

"연이상단에서 사람을 보내오면 내게 안내하라. 내 직접 얘기하겠다."

지금 저 정도인데 연이상단에서 온 사람 앞에선 또 얼마나 화산의 이름에 먹칠을 히겠나.

믿고 일을 맡길 이가 없으니 악기태 자신이 움직이는 수밖에.

"난세가 도래했군."

악기태가 나직하게 중얼거린다.

"이만들 나가 보게."

악기태의 싸늘한 시선이 장로들에게 내리꽂힌다.

장로들이 분분히 일어나 악기태를 향해 인사를 하고는 취의청 밖으로 나갔다.

보통 문파들이 의견을 취하는 곳이라 하여 주요 안건들에 대한 논의가 이루어지는 취의청은 제 기능을 다 하지 못했다.

악기태가 독선적인 인물이라서만은 아닌 듯.

오랫동안 입에 넣어 주는 것만 받아먹어 왔던 장로들의 한계가 여실히 드러났다.

홀로 남은 악기태가 긴 탁자 위에 놓인 찻잔을 손에 쥔다.

완전히 식어 버린 찻물은 더 이상 온기가 느껴지지 않았다.

악기태의 시선이 왼쪽 벽에 걸린 지도로 향한다.

화산이 있는 섬서와 더불어 인근 몇 개 지역이 확대돼 그려져 있는 지도다.

화산에서 시작돼 거미줄처럼 퍼져 있는 붉은 선은 추격대의 이동 경로이고, 노란색으로 표시된 동그라미는 장문인과 마주쳐 접전이 벌어진 지역이다.

"어디로 갔을까?"

악기태는 반도들과 친분도 없는 데다 소림, 개방과만 소통하며 문을 걸어 잠근 듯 구는 무당에겐 아예 눈길도 주지 않은 채 중얼거린다.

호북의 지도에서 유난히 짙은 검은색으로 칠해진 부분은 무림맹이 있는 곳이고, 다른 한곳은 바로 제갈세가가 있는 곳.

악기태의 눈이 이번에도 자연스레 그 두 곳을 스쳐 지나갔다.

살길을 찾아 나선 이들이 굳이, 죽을 길을 향해 달려가진 않을 게 아닌가.

게다가 어쨌거나 그 두 사람은 화산을 마음 깊이 사랑하는 이들이다.

타 문파 앞에서 화산의 치부의 증거인 자기들의 존재를 드러내 화산에 피해를 끼칠 리가 없었다.

악기태 자신이나 첫째 제자인 전용후라면 일단 피해를 입히게 되더라도 후에 갚아 주면 된다고 여기고 과감하게 움직이겠지만 그들은 아니다.

그들은 다르다.

그게 됐다면 애초에 제 문파인 화산에 쫓겨 도주하는 신세가 되진 않았을 테니까.

그는 붉은 선이 길게 하나로 그어지지 않고 손가락 한 마디 성노씩의 사이를 두고 띄엄띄엄 이어져 있는 몇 곳을 주시했다.

호북을 지나 호남, 광동, 강서 중 한곳으로 빠져나가려는 건가하고 목적지를 예상하며 호북 내에서 세 곳으로 움직일 수 있는 경로 중 가장 안전한 곳과 가장 위험한 곳을 각각 하나씩 뽑아 둔 것이다.

"절대 도망칠 수 없을 것이다."

화산의 반도로 낙인찍힌 그들은 갈 수 있는 곳도, 받아 줄 사람들도 없을 터.

잡기까지 시간이 얼마나 걸리는지, 타 문파의 간섭을 얼마만큼 배제할 수 있는지가 관건일 뿐.

악기태가 보기에 그 두 사람은 독 안에 든 쥐와 다름이 없었다.

문득 그의 머릿속에 먼저 간 사형이 떠올랐다.

사형은 거대한 힘을 가진 무림 문파일수록 더 백성들의 삶 속에 녹아들고 자아성찰을 해야 한다 강조했었다.

하지만 악기태는 자기 몸을 극한으로 끌어올리는 수련을 거듭해 강해진 자신들이 왜 소소한 삶에서까지 자제하고 신경을 써야 하는지에 대해 불만을 품었었다.

노력이란 보상을 원하는 과정이다.

한데 그토록 고생하여 손에 쥔 걸 자기 혼자 보고, 자기 혼자 사용하는 걸로 만족할 수 있는 사람이 얼마나 될까?

가진 건 보여 주고, 사용해야 더 빛이 나는 법.

스스로의 만족으로 족하다는 사람은 다른 이 위에 설 자격이 없다.

우두머리란, 문파를 이끌고 더 번창시키기 위해 기꺼이 더러운 진창에도 발을 담글 수 있어야 하지 않겠나.

자기 혼자 고고한 척 깨끗한 척 굴어, 한창 수련에 열중해야 할 제자들에게 내일 먹을거리를 고민하게 하고 걸치고 있는 옷이 부끄러워 타 문파 앞에서 얼굴을 들 수 없게 한다면 그게 무슨 우두머리란 말인가!

"그러니 사형, 나를 원망하지 마십시오. 이건 당신이 뿌린 잘못된 씨앗에서 피어난 싹이니 내가 거두도록 하겠습니다."

대신 나도 당신의 제자가 내 제자의 창창한 앞날을 망쳐 버린 일은 마음에 두지 않지요.

악기태는 정한수가 자신이 아닌, 소운찬을 택한 것이 마치 사형이 말했던 화산이 나아갈 길에 대한 생각이 더 옳다고 얘기해 오는 것 같아 더욱 불쾌했다.

악기태가 손에 들고 있던 찻잔을 벽에 걸린 지도를 향해 던진다.

챙강!

찻잔이 벽에 부딪쳐 날카로운 소리를 내며 깨지고, 파편이 바닥으로 후두둑 떨어져 내렸다.

찻잔 안에 들어 있던 찻물은 지도를 적시며 젖어 든다.

은은히 퍼져 나가는 찻물로 인해, 지도 위에 그려진 붉은 선이 조금씩 번지기 시작했다.

◐　　◐　　◐

"한수야. 정말 이 길로 가려느냐?"

소운찬이 걱정스레 그를 부른다.

정한수가 활짝 웃으며 고개를 끄덕였다.

"원래 살려고 하면 죽을 것이요, 죽으려고 하면 살 것이라 하지 않았습니까?"

"…그, 그런 말이 실제로 있는 게냐?"

"…네."

아무래도 장문인께선 처음 들어 보시나 보다.

하긴, 그도 그럴 것이 저분 앞에서 이런 말을 쓸 사람도 없었을뿐더러, 할 이유도 없었을 거다.

"절체절명의 순간 살려고 발버둥 치다 주의를 흐트러트리면 죽는 거고, 죽을 각오를 하고 집중하여 달려들면 살 구멍이 생긴다는 뜻입니다."

"현기가 느껴지는구나."

소운찬이 고개를 끄덕이며 감탄한다.

정한수의 개인적인 의견으론 현기보단 독기가 더 진득한 말이라 생각하지만 굳이 애기하진 않았다.

"저기 개울이 있습니다."

정한수가 먼저 달려가 주변을 살피더니 안전함을 확인한 후 소운찬을 부른다.

졸졸 흐르는 냇물을 손으로 받아 메마른 입안을 적시니 숨통이 트인다.

"하아, 좋습니다."

정한수가 씨익 웃자 소운찬이 두 손으로 물을 떠 마시다 말고 눈가를 부드럽게 휜다.

"그래, 참 좋구나."

소운찬은 어린 나이에 장문직에 올랐기에 그 나이 대에 누렸어야 할 많은 것들을 포기한 채 살아왔다.

그는 산 깊은 곳에서 얕게 흐르는 냇물이 이렇게 고마운지, 시원하고 청량한지 이전엔 몰랐었다.

계속 이렇게 지낼 수 있다면 얼마나 좋을…….

저도 모르게, 옆에서 대충 얼굴을 닦은 뒤 땀을 식히는 정한수를 일별한 소운찬이 두 팔을 걷지도 않고 냇물에 손을 담근다.

자신과는 다르게 앞날이 푸르고 창창하기만 해야 할 아이가 자신으로 인해 시드는 꼴을 기어코 보고야 말겠다는 것이냐, 소운찬!

푸아, 푸아!

그는 일부러 더 크게 숨을 뱉어 내며 찬물로 정신을 일깨웠다.

소운찬이 씻는 동안, 냇가에 있는 위가 반듯한 돌멩이에 엉덩이를 붙이고 앉은 정한수가 호흡을 가다듬었다.

"이제 가자꾸나. 네 말대로, 죽으러 가야 하지 않겠느냐."

잠시 후 귓가에 울려 퍼지는 목소리와 함께 얼굴에 물방울이 튄다.

정한수가 감고 있던 눈을 떠 보니 소운찬이 물에 담근 손가락을 튕겨 장난을 친 모양.

친해진 다음부턴 장문인이라기보다는 나이 차가 많이 나

는 큰형 같은 느낌이라 생각해 왔었는데 이리 보니 자신보다 더 어려 보였다.

"죽으러 가기 전에 죽지 않으려면 더욱 조심해야겠습니다. 거기까지 가려면 아직 거리가 제법 남아 있으니 한두 번은 더 추격대와 마주칠 거 같은데… 전번처럼 운이 좋기는 어려울 것 같으니……."

지금까진 적으로 마주쳤음에도 화산검수들이나 일반 제자들이 살기를 띠지 않고 암암리에 빠져나갈 구멍을 만들어 주어 근근이 버틸 수 있었는데, 자신들이 그렇게 몇 번이나 살아남아 도망을 쳤으니 사부님을 비롯해 다른 장로님들이 바짝 약이 올라 있을 터.

더 이상 동문의 호의에 기대려 했다간 제자들에게도, 자신들에게도 문제가 생길 게 분명했다.

누가 뭐래도 화산을 움직이는 실질적인 명령권자는 반도로 찍힌 장문인이 아니라 처음부터 권력을 손에 쥐고 있던 대장로였으니, 그의 눈에서 벗어났다가는 앞으로 화산 내에 설 자리가 없어질 테니까.

두 사람이 익숙한 손놀림으로 자신들이 머물렀던 흔적을 지워낸 뒤 서둘러 발걸음을 옮겼다.

무림맹이 있는 의창을 향해서.

第五章

무림맹의 술렁임

타다다닥!

발자국 소리가 요란하게 울려 퍼진다.

막연하게 기다리는 게 아니라 시간을 재며 움직이게 됐으니 먹고 자는 시간조차 아까워 최소한으로 줄인 뒤 속도를 높였다.

처음엔 일행이 이동하는 동안 발자국 소리는커녕 숨소리도 제대로 들리지 않을 만큼 고요했다.

바람이 지면을 쓸고 가듯 스르륵 미끄러지듯 달려가는 발바닥은 땅에 제대로 닿지도 않는 것 같았다.

그랬던 것이 시간이 지날수록 점점 더 지면에 닿는 부분이 많아진다.

덩달아 숨소리가 거칠어지고, 그러다 처음으로 일행에서 뒤처지는 이가 생겨났다.

"제, 젠장!"

일행의 시선이 자기에게 향하자 미안하단 말 대신 욕부터 뱉어 내는 게 오자경이 틀림없다.

"왜 내가 유청이 저 녀석보다 더 딸리는데!"

다른 무엇보다 그게 바로 불만이라는 듯 인상을 확 쓰고 진유청을 검지로 가리키는 오자경이 어깨를 위아래로 들썩인다.

말을 뱉기도 힘들 정도로 숨이 찬 듯했다.

"안 그래도 저도 힘들었어요. 앉은 김에 쉬었다 가요."

진유청이 오자경 곁에 털썩 주저앉는다.

오자경이 살펴보니 이마에 땀 한 방울 안 맺혀 있는 게……

"너 대체 뭐냐?"

진심이다.

"호랑이인 척하는 능구렁이 아버지에, 날개 단 내숭 백단 호랑이 형님을 둔……. 좀 떨어지는 동생인데요?"

그게 좀 떨어지는 거면 오자경 자신은 거기서 얼마나 더 떨어진 놈이 되는 게냐? 응?

하지만 저가 그렇게 좀 떨어지는 놈이 되고 싶다는데 어쩌겠나.

“……그러냐.”

오자경은 편하게 생각하기로 했다.

시원하게 툭툭 털어 버린 오자경이 가부좌를 한 뒤, 짧은 시간 내에 최대한 체력을 회복하기 위해 기운을 움직여 몸속을 다스렸다.

그리고 다시 달리기.

다 같이 쉬고 체력을 회복했으나, 또 먼저 지치는 이는 오자경이었다.

하나 강수가 도와주니 금세 팔팔해진다.

다음으로 장웅이 뒤처지려 하자 진유청은 볼일을 보고 오겠다며 수풀 속으로 들어가고, 한참 후 치호가 부끄러운 얼굴로 걸음을 멈추자 진유청은 간단하게 끼니나 해결하자며 그의 무안함을 덮어 준다.

그렇게 일행은 도망자 두 사람이 의장으로 들어가기 전 따라잡기 위해 열심히 달리던 중.

타다다, 쿠웅!

발자국 소리와 함께 이어지는 커다란 굉음!

갑작스레 들려온 소리에 놀란 일행이 고개를 돌리자 진유청이 바닥에 납작하게 엎드려 있다.

달리던 자세 그대로 엎어졌으니 상당히 아플 터.

“괜찮냐?”

오자경이 가서 발끝으로 진유청을 툭툭 차자 그가 고개

를 들고 신경질을 부렸다.

"전 발에겐 대답해 주지 않겠습니다!"

손이라면 몰라도!

진유청이 지면에 쿵 하고 찧은 이마를 부여잡고 상체를 일으킨다.

"뛰다가 졸기라도 했어?"

장웅이 상처를 살피며 묻는다.

오자경은 옆에서 팔짱을 끼고는 유청이 너도 사람이 맞구나라며 다행이라는 듯 고개를 끄덕이고 있다.

"잠깐 딴생각을 하느라고……."

한수와 거리가 가까워졌을 테니 주변을 관조해 기운을 느낄 수 있지 않을까 하고 시험해 보다가 그만 발이 꼬였다.

일행이 진유청을 둥그렇게 감싼 원 모양으로 옹기종기 모여 앉는다.

저 번쩍이는 눈들 좀 봐라.

"……왜들 이러세요?"

좀 떨어지란 말을 돌려 하지만 사람들은 못 들은 척 꼼짝도 안 했다.

"저, 정말 어디 안 좋은 거 아니라니까요!"

진유청이 빽 소릴 지르지만 요지부동.

진유청의 머리끝에서 발끝까지 샅샅이 살피며 이상이 없

는지 확인하는 그들에게선 애정 이상의 집념이 느껴질 정도
다.

아, 인기인은 진짜 피곤하구나!

진유청이 달리면서도 흐르지 않았던 땀을 손등으로 닦아
내며 고개를 설레설레 내저었다.

◑   ◑   ◑

"무림맹이 소란스럽더구나."

하얀 도화지 위에 검은 먹물을 담뿍 머금은 붓이 유려한
곡선을 그려 낸다.

"화산의 장문인 소운찬이 호북으로 향했다가 자취를 감
췄기에 암암리에 그의 행방을 찾는 문파가 많아서 그러나
봅니다."

대답을 한 이는 점창 장문인인 최석의 맞은편에 앉아 그
가 그리는 그림을 내려다보고 있는 삼장로 가경학이다.

"화산파가 사방을 훑고 다니며 호북을 휩쓰는데 우리에
게까지 차례가 올까. 그렇다고 그들이 나 잡아 잡수라며 의
창으로 와줄 리 없을 테고 말이야."

검고 생생한 난초 이파리에 이어 줄기를 그린 다음 손을
뗀 최석이 먹물이 묻어 있는 붓촉을 물이 담긴 그릇에 흔든
다.

그리고 원하는 만큼 검은 기가 가셨을 쯤 꺼낸 뒤, 곱게 접어 옆에 놓은 화선지 위에 살짝 찍어 농담을 확인했다.

그의 붓이 도화지 위로 옮겨가 새침하게 오므린 여인네 입술 같은 꽃잎 두 장을 줄기 위에 매달고 같은 방법으로 두 송이를 더 그렸다.

다시 먹물에 붓을 담근 뒤 붓촉을 뾰족하게 다듬은 최석이 입술에 물린 구슬처럼 검은 점을 찍으려는 찰나.

"손님이 오셨습니다."

밖에서 들려오는 소리에 최석이 멈칫하는 사이 붓촉이 머금고 있던 검은 눈물을 토해 냈다.

뚜욱.

화선지 위에 떨어진 먹물이 있어야 할 자리가 아닌 곳에 얼룩진다.

"이런."

최석이 눈살을 찌푸리자 가경학이 속으로 혀를 차며 입을 열었다.

"난향이 은은히 풍기는 것 같더니 금세 시들어 버렸습니다."

"쯧, 쯧. 그러게 말이야."

붓을 벼루에 기대 세워 놓고, 앞에 놓인 종이를 두 손으로 잡아 거칠게 구겨 버린 최석이 문 바깥쪽을 향해 말했다.

“내가 그림을 그릴 땐 절대 방해하지 말라 하지 않았느
냐.”

“제가 임의로 돌려보낼 수 있는 분이 아니신지라 어떻게
해야 할지 여쭤 보려 왔습니다.”

딱 부러지는 대답에 최석이 가경학에게 시선을 돌린다.

“자네 제자는 버릴 게 하나도 없는데 자네를 너무 닮아
가끔 얄미울 때가 있어.”

“그러니 장문인께서 마음에 들어 하시는 게지요. 아니
그렇습니까?”

가경학의 말에 최석이 손사래를 친다.

더는 그림 그릴 흥취도 나지 않으니, 그 대단한 손님이
누군지 나가봐야겠다 싶어졌다.

그림을 그리며 앉아 있을 땐 몰랐는데 최석이 자리에서
일어나자 다른 사람보다 머리 하나는 더 큰 키에 단단한 몸
을 가진 잘 가꾼 무인의 모습이 드러난다.

“따라갈까요?”

가경학이 최석을 쫓아 몸을 일으키며 묻는다.

최석이 고개를 끄덕이는 걸로 대답을 대신한 뒤 밖으로
나가니 사도진이 문 옆에 서서 공손히 머리를 숙인다.

“제갈세가의 가주님께서 기다리고 계십니다.”

잘생긴 얼굴에 머리에서 발끝까지 정갈한 기운이 풍겨
나오는 사도진은 삼장로 가경학의 하나뿐인 제자이자, 최석

이 자기 제자들만큼이나 총애하는 점창의 인재였다.

"무림학관에서 나와 맹에서 네 사부의 일을 도우니 어떠냐. 할 만하더냐."

"두 분께서 신경 써 주신 덕분에 유익한 시간을 보내고 있으니, 그저 감사할 따름입니다."

많은 장문인들이 그렇지만 특히나 최석은 무림맹에서 많은 시간을 보냈고, 점창 내부의 일도 무림맹 내부에 점창파를 위해 준비된 장소인 이곳에서 대부분을 처리했다.

그러니 그의 곁을 지키는 이들은 잠시 이곳에서 머물다 점창으로 돌아가는 이들이 아니라, 최측근이라 할 수 있다.

가경학이 그렇고 그의 제자 사도진이 그러니, 두 사제는 점창에서도 주요 인물이었다.

최석이 앞장서고 출중한 두 사제가 뒤를 따르니 위풍당당하여 절로 시선을 모은다.

같은 점창 소속 제자들은 물론, 접객실 앞을 지키고 있던 제갈세가의 무인들도 감탄하는 기색을 감추지 못하니 최석의 입가에 희미한 웃음기가 매달린다.

그 언젠가 소림 방장이 데려온 덜떨어진 어린 제자가 떠올랐기 때문이다.

그렇지 않아도 무림맹에서 겉돌던 소림은, 무림의 태산북두란 명칭조차 위태롭게 됐다.

하남 인근에서 고만고만한 중소문파들과만 어울리며 바

깥출입을 하지 않고 더욱더 폐쇄적으로 문을 닫아걸었으니 오죽하랴.

지금은 단일 문파가 혼자 독주할 수 있는 시대가 아니다.

정도를 걷고, 도리를 따지는 걸로 자신의 문파를 지킬 수 있다고 생각하면 그건 완벽한 오산이었다.

군웅할거의 시대일수록 세상은 더욱 험하고 거칠며, 세속적이 된다.

싸움을 할 용기도 없이 벌써 꼬리를 말고 얼굴을 파묻은 소림이나 개방, 무당은 시대의 저편으로 물러나야 할 것이다.

당장 눈앞의 사도진을 봐라.

얼마나 눈부시고 당당하게 자랐는가.

소림 방장의 제자는 보지 않아도 어찌 컸을지 충분히 예상됐다.

잘 자랄 나무는 싹부터 다른 법 아니겠나.

저 아이가 점창의 앞날이고, 무진이라 했던 아이가 소림의 앞날을 대변하고 있는 거나 마찬가지인 거다.

최석이 흐뭇한 얼굴로 제갈세가의 가주가 기다리고 있는 접객실의 문 앞에 서자 기다렸다는 듯이 문이 열린다.

"오셨소."

안쪽 탁자 앞에 앉아 있던 제갈인창이 몸을 일으켜 최석을 맞이했다.

안으로 들어서니 열린 문 옆에 웬 소년 하나가 서 있었는데, 그 아이가 문을 연 모양이다.

최석이 아이를 위아래로 살펴본 다음, 제갈인창에게로 고개를 돌린다.

"제갈 가주께서 어인 일로 여기까지 걸음을 하셨소이까."

"세가의 아이 하나가 학관에 가겠다고 떼를 써서 겸사겸사하여 오랜만에 무림맹에라도 들릴 겸 나왔다가, 장문인 생각이 나 인사차 잠시 왔소이다."

제갈인창이 어떤 사람인데 인사나 하려고 제 시간을 허비할까.

최석이 얼토당토않은 소리라 생각하며 입꼬리를 비틀었다.

"잊지 않고 찾아주니 고맙다 해야 할지."

"일단 앉으시구려."

제갈 가주가 최석에게 맞은편 비어 있는 의자를 권했다.

"내 거처인데도 불구하고 마치 내가 손님이 된 거 같소이다."

주도권을 뺏기지 않으려는 기 싸움이 시작됐다.

겉으론 화기애애하지만 입엔 칼을 물고 있는 거다.

최석이 자리에 앉자 제갈인창이 아직까지 문 옆에 서 있던 아이를 손짓으로 불러들였다.

"이 아이가 손자인 제갈영이오. 남궁 대공자와 혼인한 미미의 사촌 동생이기도 하오."

"오……!"

최석의 눈에 이채가 서린다.

남궁세가와 정략혼을 맺는 걸로 관계를 공고히 만든 주역 제갈미미의 사촌 동생이라. 제갈세가의 직계란 뜻이다.

이제 열네다섯 살쯤 돼 보이는 사내아이는 최석의 눈길에 움찔하여 몸을 움츠렸다.

소림 방장의 제자보단 나아 보이지만 사도진의 저 나이 때와 비교하면 턱없이 부족했다.

"장문인께 인사드려야지, 영아!"

제갈영이 소심함을 그대로 드러내자 제갈인창이 마땅찮은 목소리로 꾸짖는다.

"아, 안녕하세요……. 제갈영입니다……."

쭈뼛거리는 모양새가 숫기도 없고, 연방 주위 눈치를 보는 게 주눅이 잔뜩 들어 있었다.

"쯧. 천성이 심약하여 세가 내에서도 걱정이 많은 아이라오. 그런 아이가 몇 년 전부터 무림학관에 가고 싶다 졸라대는데 학관에 대한 의견이 분분하여 들어주지 않다가 제 아비까지 나서서 청을 해 오니 어쩔 수 없이 져주었지."

"그러셨소이까."

거의 폐관 직전인 무림학관에 직계혈통의 사내아이를 보

내기로 한 결정이 쉽지는 않았을 터.

그것도 저 제갈인창이 말이다.

"여기 있는 삼장로의 제자도 무림학관 출신이라오."

"사도진이라 합니다."

사도진의 정중한 인사를 제갈인창이 고개를 끄덕이며 받는다.

"영이라 했나. 혹시 무림학관에 대해 궁금한 게 있으면 편히 물어보거라. 학관에서 문제가 생기면 언제든지 찾아오고."

제갈세가의 직계가 어려운 일이 생길 것도 없을 테고, 그런 일이 생긴다 해도 제 가문의 도움을 받겠지 점창을 필요로 할 일은 없겠지만 예의상 하는 말이다.

한데.

"네!"

제갈영이 처음으로 눈을 빛내며 생기 어린 얼굴로 사도진을 바라보며 대답했다.

"진이가 마음에 드나 보구나. 잘 따르고, 친하게 지내거라. 훗날의 무림맹을 이끌 인재들끼리 교분을 쌓아 두어 나쁠 게 무어 있겠느냐."

최석은 껄껄 웃음을 터트렸고, 제갈인창은 세가의 무인도 아닌 타파의 청년에게 가벼운 모습을 보인 손자가 마음에 안 들어 흐릿하게 눈살을 찌푸린다.

“하실 말씀이 있으신 거 같은데…….”

인사치레가 충분히 오고가자 최석이 제갈인창의 주의를 환기시켰다.

그리고 제갈인창이 입을 열기 전 사도진에게 눈짓을 한다.

장문인의 뜻을 읽은 사도진이 입을 열었다.

“그럼 말씀 나누십시오. 저는 나가 있겠습니다.”

“영이 너도 우리 진이와 함께 나가서 무림학관 이야기나 듣고 있어라. 다 늙은 우리들 얘기가 너희에게 무어 재미있을까.”

최석의 말에 제갈영이 조부인 제갈인창의 눈치를 살핀다.

“괜찮소이다. 별 다른 할 얘기가 있어서가 아니라 그냥 최 장문인 얼굴이나 한 번 보려 들린 길이니까.”

제갈인창이 하얀 수염을 쓰다듬으며 말했다.

중요한 얘기가 있는 게 아니니 저들을 물릴 필요까진 없다 강조하는 게 아무래도…….

최석 자신과 점창의 속내를 떠보러 온 게 분명했다.

그러니 일부러 마음에 차지 않는 손자까지 대동하여 허물을 들춰 보이는 걸로 분위기가 무겁게 가라앉지 않도록 바람을 잡은 거다.

제갈영이 무림학관에 입관할 거란 얘기까지 억지로 끼워 맞췄을 리야 없지만 이왕 데려왔으니 쓸모 있게 이용하려는 제갈인창은 역시란 말이 절로 나오는 사람이었다.

"나야 제갈세가에서 잘 움직이지 않는 사람이라 무림맹에 도착한 뒤에나 알았지만, 화산에 변고가 생겼다지 않소이까. 최 장문인은 화산의 악 장로와 친분이 있으니 혹시나 따로 귀띔이라도 받은 게 없나 해서 말이오."

최석 자신이 화산의 악 장로와 친분이 있었다니. 당사자지만 처음 들어 보는 소리가 아닌가.

"친분이 있기는. 그냥 무림맹 내에서 오다가다 안면이나 익힌 사이라오. 악 장로가 화산으로 돌아가기 전 좀 더 교분을 나눴으면 좋았을 것을 하고 아쉬워하고 있긴 하오만."

그와 자신은, 제갈인창 당신과 나 사이 이상은 아니라 못을 박는다.

"하하. 그러셨나. 내 잘못 기억하고 있었던 건가."

제갈인창이 최석의 표정 변화를 살피기 위해 얼굴을 주시하다 아무런 변화도 보이지 않자 은근히 넘어가려 든다.

"제갈세가야말로 근래 들어 화산에 부쩍 많은 관심을 갖는 거 같소만. 무어 신경 쓰이는 것이라도 있소이까?"

"화산이야 같은 무림맹의 일원으로 형제와 다름없는 문파이니 당연히 신경을 써야 하지 않겠소."

두 마리 거대한 구렁이가 서로의 몸을 얽고 격하게 비틀며 목을 물어뜯을 기회만 노린다.

쩍 벌린 아가리 사이로 보이는 붉은 혀가 독으로 번들거리지만, 마주 보고 있는 두 사내의 얼굴은 평온했다.

적어도 이 정도는 돼야 무림맹 내에서 방귀 좀 뀐다는 소리를 들을 수 있는 거다.

"그럼 제갈세가는 이번 화산 장문인의 일에 관여할 생각도 있겠구려."

비록 화산을 돕기 위해서가 아니라 그들의 약점을 잡기 위해서긴 하겠지만.

"타 문파의, 그것도 이렇게 민감한 사안에 우리가 끼어드는 건 아무래도 보기 나쁘지 않겠소. 화산에서도 절대 용인하지 않을 일이고. 그저 같은 무림맹의 일원으로 우연찮게, '도움'을 줄 일이 생긴다면 외면하진 않겠지만 말이오."

제갈세가가 있는 무창에서도 단단히 준비를 하고 있을 텐데도 불구하고 가주가 직접 무림맹으로 왔으니 이곳 의창에서도 덫을 놓아두려는 속셈인 듯했다.

이것만 봐도 제갈세가가 화산의 일에 얼마나 관심을 갖고 있는지 알 수 있다.

그것 때문인가?

최석이 눈을 가늘게 뜬다.

연이상단과 거래를 하는 문파는 적지 않지만, 그중 암중에서까지 그들을 도우며 보다 많은 이득을 취하는 문파에 대해선 알려져 있지 않다.

당연한 사실이지만, 비밀엄수가 보장되지 않으면 애초에 손을 댈 이가 없지 않겠나.

그만큼 연이상단이 손을 잡은 거대문파에 바라는 것은 위험부담이 컸다.

만약 연이상단이 최석 자신이 구미가 동할 만큼 확실한 미끼를 던지지 않았다면 그 또한 절대 나서지 않았을 만큼 말이다.

위험 뒤에 가려진 대가는 더욱 달콤한 법이라 했던가.

과연 그것이 사실이라는 걸 최석은 갈수록 더 확실히 느낄 수 있었다.

"제갈세가의 뜻은 잘 알겠소이다."

최석이 무표정한 어조로 중얼거리지만 얼굴과는 달리 머릿속은 복잡하기 그지없다.

최석은 근래 들어서야 연이상단이 화산과 모용세가에도 선을 댄 걸 알게 됐다.

그리고 자신이 알고 있는 걸 상대편은 모를 거란 자만심은 없었으니, 상황이 묘해진 거다.

절대 밝힐 수 없고, 밝혀져서도 안 되는 비밀을 공유한 세 문파라.

친구도 아니고 적도 아닌, 기묘한 대치 상태가 됐다.

한데… 갑자기 균형을 깨트리려는 이가 나타났다.

자신들이야 자신들과 비슷한 양상으로 문파의 성세를 더

하는 상대 문파를 보고 의혹을 갖고 정보를 캐다가 서로의
존재를 알게 됐다고 해도…….

그런 것을 제갈세가에선 어떻게 눈치를 챈 것인가?

알고 있다 하면 대체 어느 선까지 알고 있는 것인지도 중
요했고.

현재로선 의혹의 대상이 화산에 국한돼 있는 거 같지만,
언제까지 그러리란 보장은 없으니까 말이다.

"점창은 어떠시오? 이번 일에 정말, 전혀 관심이 없소이
까? 무림맹에 와서 보니 청성이나 아미를 비롯해 팽가 등
맹에 머물던 많은 문파들이 술렁이고 있던데 말이오."

최석은 아무리 탐나는 먹잇감이라 해도 제 손으로 직접
잡을 수 있는 것도 아니고, 운 좋게 얻어 걸리길 바라며 타
문파와 기 싸움을 해야 하는 거 자체가 손해라고 여겼다.

그래서 그는 빠지려 했다.

당신네들끼리 잘해 먹으라 하고 뒤에서 구경이나 할 작
정.

화산이 당장 망해 나자빠질 것도 아닌데, 이런 일로 얼굴
을 붉혀 봤자 후에 돌아올 대가를 장담할 수 없으니 더욱
그렇다.

꼭 점창이 화산에 피해를 끼칠 필요는 없지 않나. 그들이
약해지면 저절로 얻을 수 있는 반사이익이란 것도 있는 것
이니.

가끔은 아무것도 하지 않는 게 더 나을 때도 있다.

최석의 판단으론 바로 지금이 그랬다.

한데 그런 최석의 판단이 흔들리고 있다.

건너편에 앉아 있는 제갈인창이 그의 등을 떠밀고 있는 거다.

무림맹에 있는 대부분의 문파가 나서는데 점창만 침묵한다면 제갈세가에서 어떻게 생각할까?

제갈세가에서 연이상단에 대해 의혹을 갖고 있지 않다면 최석이 굳이 점창의 판단을 얘기하며 이해를 구할 필요도 없지만……

저들이 화산을 의심하고 있으니, 점창의 침묵은 저들에게 화산에 대한 동조로 여겨질 거다.

그렇다고 구구절절 설명을 하면 그건 그거대로 의심을 살 테지.

차갑게 굳어진 최석의 눈동자에 경계심이 깃든다.

머릿속이 짜릿해지는 게 경고 신호가 왔다.

위험하다!

"점창도 화산의 일을 아예 모르는 척할 수는 없지 않겠소……. 다른 문파들이 모두 나서니 한손 거들어야 하지 않을까 한다오."

"역시 그러시구려."

제갈인창이 고개를 끄덕인다.

"화산이 우리의 도움에 불쾌해하지 않을 만한 좋은 방법이 없을까 생각 중인데 아직 떠오르질 않는구려. 머리 좋기론 타의 추종을 불허한다는 제갈세가의 가주시니, 혹여 점창도 한자리 차지할 계책이 떠오르면 꼭 말해 주시구려."

"과찬이시오. 하나 그렇게까지 말씀하시니, 내 생각해 둔 게 하나 있기는 한데……."

아차!

마치 기다렸다는 듯이 말을 꺼내는 제갈인창으로 인해 최석이 어금니를 깨물었다.

"그게 무엇이오?"

그러나 최대한 평온한 안색에 오히려 궁금증을 담은 목소리는 하나도 떨리지 않았다.

두 사람의 대화가 이어진다.

오늘 두 문파의 싸움은, 승패가 갈리지는 않았지만 제갈세가가 우위를 점했다고 볼 수 있었다.

밖에서 어르신들의 이야기가 끝나길 기다리는 사도진과 제갈영 사이에선 아무런 대화도 오고가지 않았다.

사도진의 성격도 그리 살갑지는 않았지만 장문인의 당부도 있고 하니 제갈영이 조금만 용기를 내 말을 걸었다면 최대한 배려하며 응해 주었을 거다.

그러나 제갈영은 기분 나쁜 눈초리로, 사도진을 연방 힐끔거릴 뿐이었다.

처음엔 제갈영을 향해 몸을 틀고 있던 사도진도 이젠 그에게서 등을 진 채 팔짱을 끼고 있다.

스륵 감은 눈동자 안에서 어떤 상념이 스치는지는 사도진 혼자만이 알 일.

"저……."

사도진은 귓가에 흐릿하게 파고드는 목소리를 처음엔 잘못 들은 건지 알았다.

"저……. 여기요……."

사도진이 눈을 뜨고 소리가 들려온 곳으로 고갤 돌린다.

역시나 제갈영이다.

이제야 말을 걸 용기가 생긴 건가?

"말해라."

처음의 호의가 사라지자 사도진의 목소리에 냉기가 흘렀다. 그래도 자신과 제갈영의 입장이 있으니 내치진 않는다.

"무림학관에…… 오래 계셨어요?"

"제법 오랜 시간 그곳에 머물렀지."

"그러면 거기 있는 사람들 많이… 아시겠네요?"

잔뜩 주눅 들어 있는 목소리가 듣기 싫지만 그만큼 불쌍해 보였기에 사도진이 냉기를 누그러트리며 대답했다.

"웬만큼은. 왜? 누구, 찾는 이라도 있는 건가?"

사도진은 자신이 무림학관에 머물 때 제갈세가와 관련된

인물들이 있었나 머릿속으로 떠올렸다.

그런데.

"진유청이요!"

제갈영의 목소리가 또렷해진다.

"진… 유청?"

너무나 의외의 이름이 아닌가!

사도진이 미간을 좁혔다.

그것은 사도진 자신이 오래전 잊어버린 이름인 까닭이다.

평소 일처리나 인간관계의 맺고 끊음이 깔끔하다 정평이 나 있는 그가 유일하게 꺼림칙하게 묻어 버린 이름.

"네가 그를 어찌 아는 거냐?"

진유청은 무림학관에 들어온 날부터 학관을 발칵 뒤집어 놓더니 그 이후로도 내내 사고가 끊이지 않았던 녀석이다.

그 녀석 하나로 인해 얼마나 많은 것이 바뀌었는가.

부학장인 철두가 학관에서 쫓겨나다시피 하여 그만두게 됐고, 남궁혁과 소기는 제 문파로 소환됐다.

말이 소환이지, 벌을 받기 위해 끌려갔다는 걸 모르는 학관생이 없었다.

하방 수련생들에겐 꼼짝도 못하고 설설 기던 중방과 상방 수련생들 사이에서 변화가 일기 시작한 것도 그 녀석이 온 뒤였다.

그 녀석이 가출을 감행해 사라진 뒤에도 변화는 멈추지

않고 이어졌고, 결국 무림학관의 붕괴를 초래했다.

계급 간의 차이가 희미해진 무림학관은 맹의 윗분들께 크게 흥미를 주지 못해 가뜩이나 쇠퇴하던 무림학관의 추락에 쐐기를 박은 거나 마찬가지였으니.

솔직히 그런 많은 일들은 사도진에게 큰 감흥을 주진 못했다.

사도진이 그답지 않게 오래된 그 이름에 반응하게 만들고, 마음 한편을 불편하게 하는 이유는 따로 있었는데…….

그건 바로 진유청이란 존재가 사도진이 정파에 속한 무인으로서 자신이 갖고 있다 여긴 신념에 미약하게나마 금이 가게 만든 이였던 탓이다.

하방의 소견 정한수가 진유청을 자신에게 부탁한다고 그토록 당부했었는데도 그의 말을 들어 주지 못해서는 아니다.

자신은 확답을 한 적이 없고, 진유청이 정말 죄를 지었다면 그를 옹호하는 게 오히려 사도진의 신념을 배신하는 일이었으니까.

문제는 사도진이 대세에 따라, 남궁혁의 거짓말에 얽혀 진실에서 눈을 돌렸다는 사실이다.

물론 다른 하방수련생들에게 동참하진 않았다는 게 자존심을 지킬 순 있었으나 그것만으론 드높은 긍지에 생긴 상처가 다 낫질 않았다.

“그건…….”

사도진에게서 뿜어져 나오는 강한 기운으로 인해 당황한 제갈영이 입술을 달싹이지만 쉽게 말을 뱉어 내지 못한다.

“아…….”

사도진이 파랗게 질리는 제갈영의 얼굴을 보고 정신을 차린 뒤 흘러 나왔던 기운을 재빨리 갈무리했다.

끼이익.

때마침 등 뒤에서 문이 열리고, 점창의 장문인인 최석이 걸어 나온다.

“나오셨습니까.”

사도진이 제갈영에게서 관심을 돌려 최석에게 향했다.

“이야기는 잘 나누고 있었느냐.”

“……네.”

사노신이 제갈영을 일별한 뒤 대답한다.

제갈영은 그의 새카만 검은 눈동자가 자신을 쏘아보자 차마 반박하지 못하고 어깨를 움츠렸다.

“제갈 가주와 나도 좋은 이야기를 아주 많이 나눴지. 그렇지 않소이까?”

최석이 자신의 뒤에 따라 나오는 제갈인창을 돌아보며 말했다.

“그렇소이다. 점창과 제갈세가는 물론 타 문파에서도 분명 기꺼워할 얘기가 될 거라오.”

자신 있는 어조로 답하는 제갈인창의 입꼬리가 비틀려 올라간다.

최석은 그의 얼굴이 보기 싫었는지 휙 하고 고개를 돌렸다.

"내 최 장문인의 시간을 너무 오래 뺏은 거 같소이다."

제갈인창이 자신보다 한 뼘은 더 큰 최석을 올려다보며 말한 뒤 제갈영을 챙겨 점창의 거처를 나선다.

멀어지는 그의 등을 최석이 날카로운 시선으로 노려봤다. 한 발짝 뒤에 서 있던 사도진도 마찬가지다.

사도진의 눈동자에 담겨 있는 제갈영의 왜소한 뒷모습이 흐릿한 잔상을 남기며 사라질 때까지.

第六章

무림맹으로 가는 길!

정한수의 목적지가 의창이라고 가정했을 때, 그가 도주하고 있는 이동 경로에서 의심 받지 않고 의창으로 갈 수 있는 길은 두 개 정도로 압축된다.

그것은 바로 무림맹의 영역이라 할 수 있는 의창을 기준으로 동쪽의 당양과 서쪽의 자귀였는데…….

당양에선 강서로 빠질 수 있고, 자귀에선 광동으로 이동할 수 있다.

물론 정한수는 둘 중 한곳을 지나가는 척하며 의창으로 숨어들어 가 그곳에서 화산파의 추격을 따돌린 뒤, 다른 곳으로 갈 계획을 갖고 있을 터였다.

그러니 정한수를 찾아야 할 진유청 일행도 의창에 가까

워질수록 당양과 자귀, 둘 중 하나로 방향을 잡아야만 했
다.

"당양으로 가요."

진유청은 시원하게 경로를 선택했다.

"처음 무림학관에 입관할 때 그 녀석 대사형이 당양을
통해 녀석을 데려다 줬다고 했어요. 도망을 치고 있는 와중
이라, 어떤 경로를 선택하는 지로 서로의 허를 찌른다곤 해
도……. 한수 녀석은 이미 목적지 자체에 함정을 파고 움
직이고 있으니, 의창 인근까지는 이왕이면 아는 길로 가려
고 했을 거예요. 최대한 빨리 도착해서 몸을 숨겨야 하니까
요."

정한수에겐 그 이상 머리를 굴릴 여유는 없었을 거다.

게다가 녀석에겐 작은 추억이 깃들어 있는 곳이지만 그
녀석의 대사형에게도 그게 좋고 오래 남을 기억이란 법은
없으니, 괜찮지 않을까 싶었을지도.

"너 사실 똑똑한 녀석이었구나."

오자경은 감탄하지만 진유청은 고갤 젓는다.

머리가 좋아서가 아니라 친구기 때문에, 녀석에게 많은
얘기를 들었기 때문에 행동 범위를 유추해 낼 수 있는 거
다.

이것은 논리적인 예측이라기 보단 감에 의존하는 비중이
훨씬 클 터.

당양으로 방향을 잡고 또다시 쉬지 않고 달리던 일행은 자신들을 향해 다가오는 기척을 느끼고는 걸음을 멈췄다.

"뭐지?"

오자경이 허리에 차고 있는 검의 손잡이를 잡는다.

"화산파의 추적대 아닐까?"

장웅도 잔뜩 긴장하여 대답한다.

화산파의 추적대가 호북 여기저기를 들쑤시고 있으니 자신들과 마주친다 해서 크게 놀랄 만한 일은 아니다.

"어떻게 할까."

피할 수만 있다면 피하는 게 최선이긴 한데 그게 될까 모르겠다.

평범하게 길을 가는 여행자들이나 동네 노는 형님들 정도로 보이면 참 좋을 텐데, 어디를 어떻게 봐도 절대 그렇게 생각해 주진 않을 거 같아 걱정이 됐다.

최대한 자신들을 드러내지 않아야 동심회에 대한 것도 소문이 나지 않을 텐데.

알면서도 뛰어든 일이지만 현실에서 맞닥트리니 과연 정한수를 위해 동심회의 얼마만큼을 포기해도 좋을지 확신이 서지 않는다.

정한수야 자신의 친구니 자신이 피해를 입는 거야 어쩔 수 없다 해도, 동심회는 모두의 동심회가 아닌가.

진유청의 사사로운 감정으로 인해 망칠 수가 없었다.

아… 왜 철은 들어서는 뭐 한 번 하려고 하면 유의해야 할 게 백 개는 되겠네.

이러다 밥 먹고 똥 쌀 때도 수십 번 고민하면서 내 숟가락질 한 번에 논밭이 가물고, 내 똥 한 바가지에 장강이 더러워지는 건 아닌지까지 신경 써야 할지도 몰라!

자신의 능력이 부족한 것도 부족한 거지만, 이런 세상 시름 고민 걱정 근심 만사 다 신경 쓰기 싫어서, 형님 하나 잘 키워 덕 좀 보고 머리 안 아프게 살려고 한 거였건만…….

결국은 또 끙끙 머리를 쥐어 싸매고 앉아 있으니…….

그렇다고 남 탓도 못한다.

자신의 친구고, 자신이 원해서 도움을 주려 하는 거니까.

그때 저 개새끼와 친구 먹지 말 것을, 이라고 하기엔 너무 늦은 거겠지?

"근접했다. 다들 조심해라."

강수가 주의를 준다.

과연 그가 입을 닫자마자 바로 저편에서 화산파의 추격대가 몰려온다.

<u>스스스슥!</u>

진유청 일행을 발견하자 가장 선두에 있던 이가 속도를 높인다.

바닥을 스치며 달려오는 모양새에 잔뜩 멋이 들어가 있

는 게……. 무공을 잘 모르는 진유청이 봐도 쟨 좀 아니다.

"너희들은 누구냐?"

딱 봐도 강수 아저씨보다 어려 보이는데 냅다 반말이라니!

한 성질 하는 진유청이 주먹을 불끈 쥐고 앞으로 나서자 일행이 각자의 무기를 향해 손을 뻗으며 마른침을 삼켰다.

조용히 넘어가긴 그른…….

"넵, 저희는 하북 강가장에서 무림학관에 가기 위해 온 일행입니다. 저기 계신 저분이 바로 저희 도련님이시고요."

거세게 말아 쥔 두 주먹을 살포기 가슴팍 앞에 모으고 천진하게 입을 여는 진유청은 확실히 가증스러웠다.

요사스러운 놈, 이라던 모팔의 이야기가 왜 이리 귓가를 빙빙 도는 파리 날갯소리처럼 계속해서 쟁쟁거리는지.

"흐음. 하북의 강가장이라, 치음 들이 보는군."

청년의 말에 진유청이 실소를 흘린다.

니네는 강가장이건 이가장이건 진가장이건 구파일방 아니면 다 처음 들어 봤다 그러면서 무슨, 새삼스레.

아, 그래도 오대세가 정도는 그 좁아서 안락한 대가리 속에도 들어 있을라나?

"우리 강자경 도련님으로 말씀드릴 거 같으면……."

진유청이 과장스레 한껏 가슴을 내밀며 소개를 하려 들자 청년의 눈썹이 꿈틀거렸다.

"시끄럽다. 그보다는… 무림학관엔 무슨 일로 가느냐?"

얼핏 봐도 수상해 보이는 일행에 청년이 추궁을 시작한다.

다른 사람은 몰라도 반질하게 잘생긴 녀석과 곰처럼 체격 좋은 녀석 둘에게선 강한 기운이 느껴졌기 때문이다.

나이도 어리지 않고, 무공도 제법 고강해 보이는 녀석들이 왜 무림학관에 간단 말인가. 의아하지 않을 수 없었다.

"우리 도련님께선 오래전부터 무림학관에 입관해 앞으로 영웅이 될 거대문파의 공자님들과 친분을 맺는 게 평생의 꿈이었던 분이신지라……. 불원천리 먼 길을 달려왔습니다만. 한데 그쪽은 누구신데 자꾸만 우리 일을 캐물으시는 겁니까?"

진유청은 눈앞에 있는 청년의 얼굴을 잊지 않으려는 듯 꼼꼼히 기억해 두며 말했다.

아무래도 무림학관에서 썼던 일기장을 이어 쓰게 만들 일이 앞으로 계속 늘어날 거 같은 불길한 예감을 느끼면서.

"천한 것이 어디서 나서느냐! 나는 화산의 막사총이다!"

……막사총? 그게 누군데?

너무 자신 있게 외치는 거에 비해 심하게 낯선 이름이다.

진유청이 슬쩍 고개를 돌려 장웅이나 강수, 하다못해 모팔에게까지 저놈 아냐며 눈짓을 해 보이지만 다들 도통 모르겠다는 얼굴이었다.

하긴. 강수 아저씨는커녕 웅이 형이나 자경이 형의 무공 수위가 제 놈보다 높은 것도 못 알아보는 녀석이니 딱히 대단할 것도 없겠다 싶다.

진유청 일행이 그의 이름을 듣고도 놀라지 않자 막사총이 눈가를 찌푸린다.

하나 무림학관이 곧 문을 닫기 직전이란 소식도 전해 듣지 못했을 만큼 촌무지렁이들이니 자신을 모를 수도 있을 거라 스스로를 달랜다.

그가 약간의 부끄러움을 담고 화제를 전환했다.

"대화산파의 반도들이 호북에 숨어들어 수색이 한참이다. 혹시 선해 보이는 인상의 서른 초반으로 보이는 사내와 십대 후반의…… 청년 하나가 같이 다니는 걸 보지 못했나?"

진유청은 막사총에게 웬지 동질감이 느껴졌다.

자신은 안다.

좁고도 안락한 머릿속을 가져 혼자 세상 살긴 참 편해 보이는 저 막사총이란 청년의 말 중간에 섞여 들어간 짧은 침묵에 담긴 의미를.

저거 왠지 상단주 어르신이 자신과 이현 형님을 비교할 때 쓰였던 거랑 좀 비슷한 듯.

선해 보이는 서른 초반으로 보이는 사내는 화산파 장문인 소운찬일 거고, 십대 후반의…… 아주 잘생기고 총명하고 능력 있어 뵈는, 이란 말이 침묵 속에 숨어 있는 설명의 대상이 되는 청년은 한수 그 녀석이겠지?

알아, 알아, 그 마음.

한수 녀석이 한 번 보면 확 눈에 띌 만큼 잘났다는 얘기를……. 꼭 니 입으론 하기 싫었겠지?

장문인과 한수에 대한 얘기를 입에 담을 때 분위기가 딱 봐도 아주, 아주 싫어한다는 게 확연히 들어 난다.

진유청이 팔짱을 낀 채 눈을 게슴츠레 뜨고 막사총을 살핀다.

"뭘 보나."

막사총이 기분 나쁜 표정으로 이걸 죽여 살려 고민하고 있을 때 진유청이 입을 열었다.

"근래 안 좋은 일이 있으셨나 봐요. 예를 들면 누구한테 '엄청' 두들겨 맞았다든지."

아직 푸르스름한 멍 자국이 다 가시지 않은 막사총의 얼굴이 거무튀튀하게 변한다.

그가 제 검을 검집에서 반 쯤 뽑자 잘 벼려진 검 날에 햇빛이 반사돼 진유청의 눈을 따갑게 했다.

진유청이 한 손을 들어 눈을 가리며 얼른 입을 연다.

목숨은 하나니까, 소중히 해 줘야지.

다시 태어날 수 있으리란 보장도 없고, 또다시 태어날 수 있다 해도 그러고 싶은 마음도 없고.

인생은 한 번이라 가치 있는 거잖아?

전생에 해 보지 못한 말을 실컷 해 보고, 마음껏 사랑하고 행복하지만 이다음 생에서도 또 같은 일을 되풀이하게 된다면 글쎄.

또다시 소중한 게 소중하다는 걸 까먹고, 결국 잃어버리게 될 거 같다.

"제가 자기가 무당 출신이라 우기는 도사 노인네를 만나 관상을 약간 배운 적이 있는데 말입니다. 곧 이름을 날리시게 될 겁니다."

"이름을 날려?"

막사총이 혹한 듯 관심을 기울인다.

"네. 두꺼운 책에 이름을 남기시게 될 게 분명합니다."

"책에 이름을 남긴다니. 그건 곧 역사에 기록된다는 뜻인기!"

시키지도 않았는데 제멋대로 해석도 잘하시고.

뭐, 내 일기장이 내 개인적인 역사책이라면 역사책이니……. 딱히 틀린 말은 아니네.

한 발 뒤에 있던 일행은 안 나서도 될 일까지 언급하며 막사총을 자극하는 진유청 때문에 사색이 된지 오래.

그러나 진유청은 두꺼운 낯짝의 소유자답게 거기서 멈추지 않았다.

"당장의 고난들은 후에 몇 배로 보답 받게 될 테니, 너무 마음 쓰지 마시고 꿋꿋하게 신념을 지키십시오.”

나중에 괜히 개과천선해서 착한 놈이라도 돼 있어 봐.

두고두고 우려먹으며 괴롭힐 수도 없게 될 거 아냐?

“이제 봤더니 그냥 평범한 시종이 아니로구나.”

막사총이 진유청을 다시 한 번 살펴본다.

졸려 보이던 눈엔 현기가 어린 거 같고, 장난기가 남아 있는 눈매에선 천진함이 느껴진다.

왠지 마음이 맑아지는 듯해 막사총은 그에게서 눈을 뗄 수가 없었다.

“저… 이제 가야 하지 않겠습니까? 칠장로님께서 당양으로 가신지 며칠이 지났으니 곧 지강으로 이동하실 겁니다. 먼저 가서 장로님을 기다리려면 서둘러야 합니다.”

진유청 일행을 더 털어 봐야 나올 것도 없을 거 같고, 성질 급한 칠장로님과 만나기로 한 접선 지역에 늦게 도착해 그분을 기다리게 하기라도 하면 당장 불호령이 떨어지리라.

화산검수 중 한 명이 나서서 하는 말에 막사총이 입맛을 다셨다.

얘기를 더 듣고 싶지만 시간이 없는 게 아쉬웠다.

막사총은 진유청의 일행에겐 눈길도 주지 않고 오직 진유청에게만 인사를 했다.

“나중에 시간이 되면 섬서에 있는 화산으로 와서 대장로님의 둘째 제자인 막사총을 찾아라.”

자기에 대해 상세히 알려 준 막사총이 진유청의 인사를 받더니 훌쩍 자리를 비켜난다.

방금 전 막사총에게 말을 걸었던 청년 하나가 일행을 비켜가려다 말고 멈춘다.

"네 뒤에 있는 이들은 누구지?"

아무래도 기세가 심상치 않은 게 볼 때 마다 자꾸 소름이 돋는 게 의아했던 거다.

"우리 장주님과 친구이신 금석상단에서 일을 봐주시는 분들이신데, 도련님을 모셔다 드리려고 함께 나왔지요."

나들이 겸해서요.

란 말을 희미하게 덧붙이는 진유청의 얼굴이 해맑다.

"흠. 반도들은 포악하니 혹시 중간에 이상한 이들을 만나면 인근에 있는 화산 제자들에게 알리도록 하라."

"네, 알겠습니다."

진유청이 두 손바닥을 맞대고 삭삭 비비며 대답했다.

청년까지 진유청 일행에게 관심을 끊고 사라지자 다른 일반 제자들도 다급히 그들의 뒤를 쫓는다.

화산의 추격대가 우르르 몰려가 사라지자 주변이 썰렁해지며 침묵이 찾아들었다.

포악하게 나타났던 화산의 추격대가 너무 어이없이 뭐에 홀린 것처럼 말 몇 마디하고 사라졌다는 게 믿기지 않는 거다.

무엇보다, 거짓말을 줄줄 늘어놓으면서도 시종일관 당당했던 진유청의 뻔뻔함이 너무 인상적이지 않은가!

"강가장이라."

"금석상단은 또 어떻고요. 근데 그 자칭 무당 출신이라는 도사는 설마 청운자 어르신을 빗대 말한 거냐?"

강수와 오자경이 주거니 받거니 혀를 내두른다.

"그렇게라도 계속 주의를 다른 데로 돌려주지 않았으면 강수 아저씨나 모팔 아저씨의 실력은 읽지 못했겠지만 자경이 형이나 웅이 형 때문에 의혹을 사서 머리 아픈 일이 생기지 않았겠습니까."

맞는 말이긴 하다.

"어쨌거나 저들이 추격대의 한 조인 거 같으니 한 조만 만났을 때 일이 생기면 그냥 묻어 버리고 튀면 될 거 같네요."

무, 묻어? 누굴?

일행 중 누구도 차마 먼저 묻지 못한다.

"이제 당양입니다. 저기 어딘가에 한수가 있는 게 느껴져요."

일전에 있었던 심인학 사건 때 유청이가 제 형을 감으로 찾아낸 일은 동심회 내에선 유명한 일화다.

홍개는 가끔 자기가 감춘 걸 냄새로 찾아낸 다음 뭔지 알아맞히면 공짜로 주겠다며 진유청에게 들이대곤 했는데……

결국은 역으로 당해 가진 걸 다 털어 내고도 모자라 한 번만 봐 달라 통사정하는 걸로 끝이 나곤 해 지켜보는 이들을 웃게 만들었다.

그 안에 들어 있는 놀라운 사실은, 진유청은 정말 한 번도 틀리지 않고 홍개가 숨긴 걸 찾아냈다는 거.

어렸을 때부터 특별했던 진유청은 자라서도 특별했다.

"정말 개코인가?"

"개도 이런 건 못할 거야."

장웅과 오자경이 나누는 대화에 진유청이 귀를 쫑긋거린다.

자신이 개보다 낫다는데 이게 칭찬인 건지, 자신을 욕하는 건지 구분이 안 간다.

길게 설명할 수도, 설명할 것도 없으니 말을 말자 싶었던 진유청이 딩양에서 불어오는 바람에 몸을 맡긴 채 먼 곳을 바라봤다.

보일 듯, 잡힐 듯……. 친숙한 기운이 바람에 섞여 진유청을 향했다.

분명 저곳에 진유청과 마음을 나눈 이가 있다.

그런데.

"으으응?"

진유청이 고개를 갸웃거리며 이마에 깊은 주름을 잡았다.

"이제 다 왔습니다."

이번엔 진짜다.

정한수는 자신들의 행선지가 강서인 것처럼 꾸미기 위해 일부러 의창과 가까운 당양 쪽으로 이동했다.

당양에서 의창으로 가는 길은 그리 멀지 않으니, 여기서 추격대를 따돌리기만 하면 그들은 자신들이 강서로 움직였다고 생각할 터.

기진맥진하여 안색이 파리한 소운찬에게 조금만 더 힘내란 격려였다.

그런데 할 땐 몰랐는데 하고 나니 참 묘한 어감이다.

죽으러 가는 길이고, 죽음에서 삶을 찾아야 할 정도로 긴박한 상황이란 말까지 해 놓은 참인데 거의 다 왔으니 조금만 더 힘을 내라는 게…….

"그래도 죽으러 가기 전에 죽진 않았으니 괜찮다. 이만하면 운이 좋다 할 수 있지 않겠느냐."

정한수의 생각을 읽은 듯 소운찬이 부드럽게 웃으며 그를 다독이다 낯빛이 어두워진다.

"왜 그러십니까?"

"우리 행동으로 인해 화산에 피해가 갈까 봐 그게 걱정이로구나."

저야말로 걱정입니다.

이 지경이 돼서도 그런 생각을 진심으로 할 수 있는 장문인의 성품이!

그런 성품으로 이 험한 세상 어찌 살아가실는지, 아……!

정한수 자신도 화산을 사랑하지만 장문인처럼은 할 수 없을 거 같다.

아니, 정확하게 말하자면 장문인과 같은 방법으론 어려울 거 같다 해야 하려나.

"장문인이 화산에 피해를 입히는 게 아니라, 화산이 장문인께 피해를 입히는 겁니다. 그들이 화산이 아니라, 장문인께서 바로 화산이시란 걸 왜 아직도 모르십니까."

사랑한다고 무조건 감싸기만 해서 될 일인가?

"내 살덩이라도 썩은 부위는 아프고 피가 흘러도 도려내야 하지 않겠습니까. 그게 살 수 있는 방법입니다. 내버려두면 독기가 골수까지 미쳐 몸을 상하게 하고 결국 죽음으로 이르게 될 테니까요."

죽게 두기 싫으니까, 살길 바라니까 모질게 칼질을 할 거다.

정한수의 사랑은 그렇다.

사랑하니까 더 아프게 맞아야 한다.

"저기 누군가 있다!"

그때, 자신들을 뒤쫓는 추격대의 기척과 함께 누군가의

외침이 들려왔다.

정한수의 얼굴이 일그러진다.

"제기랄!"

운 좋게 추격대와 마주치지 않고 방향을 틀어 의창에 닿을 수 있나 했더니만 결국은 시비를 걸어오는구나!

저도 모르게 욕설을 뱉어 낸 한수가 질끈 입술을 깨물었다.

그는 근래 들어 부쩍 화산에 대한 사랑이 자꾸만 커지는 걸 느꼈다.

안 그래도 아주 많이 사랑했지만, 지금은 몸서리치게 사랑해서 치가 떨릴 정도라고 해야 하나?

그러니 그만큼 더 아프게 때려 줘야겠다는 결심이 돌처럼 단단히 가슴속에 새겨진다.

"아무래도 장로님들 중 한 분이 있는 거 같습니다."

정한수가 상대할 수 없을 정도의 강한 기세가 온몸을 죄여 온다.

"같이 도망치자."

이번엔 정한수만 남겨 두고 혼자 가는 시늉도 할 수 없었다.

그만큼 다급했다.

소운찬이 정한수를 붙잡고 달린다.

일행이 조촐하게 두 명뿐인 도망자들인지라 피하는 것도

숨는 것도 더 유리했으나, 맞서 싸워야 할 때는 이득을 봤던 것의 몇 배로 큰 위험에 처했다.

더더군다나 싸움이 벌어졌을 때의 소운찬은 혹이지 덤이 아니다.

도망칠 때라고 해서 크게 다르진 않았으나 적어도 접전이 벌어졌을 경우보단 나았다.

남아서 싸우겠다고 고집을 부릴 틈을 비켜나며, 소운찬이 손을 놓아주지 않자 그가 한숨을 내쉬고는 앞으로 스윽 밀고 나간다.

자신을 당기던 소운찬을 스쳐 지나가 앞으로 나선 정한수는 자신을 붙잡고 있던 소운찬을 역으로 끌어당겼다.

그리고 한 덩이가 돼, 뒤돌아볼 틈도 없이 미친 듯이 뛰었다.

"잡아라!"

삐이이익!

등 뒤에서 들려오는 외침과 긴 휘파람 소리가 개떼의 울부짖음처럼 웅성거리며 사냥이 시작됐다.

"확실하군!"

칠장로 탁경환의 얼굴에 미소가 담긴다.

당양은 무림맹의 직접적인 영향력이 미치는 의창 인근 지역이라 어차피 허탕을 칠 거라 생각했지만 그래도 허투루

넘길 수는 없다 여겨 감행한 수색이다.

그는 자기가 결정한 일임에도 불구하고 빈손으로 돌아갈 게 뻔해 보이는 당양을 헤집는 게 짜증스러워 신경이 곤두서 있었다.

그러다 이제 그만 당양에서의 수색을 포기하고, 미리 약속한 대로 막사총과 만나기로 한 지강 지역으로 이동하려던 차였던 것이다.

한데 돌아서 나가는 길에 이렇게 딱 마주치다니!

"운이 좋군."

저들에겐 아니겠지만.

탁경환의 눈에 어떻게든 살아 보겠다고 아등바등 달려가는 소운찬과 정한수의 뒷모습이 들어온다.

수색대는 그들을 쫓아 우르르 달려가고 있었다.

이대로 조금만 더 있으면 반도들은 수색대의 제자들에게 잡히게 되리라.

그는 한발 물러선 채 구경이나 할까 했지만, 이내 생각을 고쳐먹는다.

"편하게 화산에서 지내던 나를 이렇게 고생시켰으니, 그에 합당한 대가는 받아야겠지?"

탁경환이 검을 뽑아 들더니 지면을 박차고 몸을 날려 반도들을 쫓아가는 수색대를 앞선다.

탁경환은 활을 떠난 화살처럼 두 사람을 향해 쏘아져 나갔다.

정한수는 자신들의 등 뒤로 날아드는 강한 기운을 느끼곤 윗니로 아랫입술을 지그시 깨문다.

그가 소운찬을 힐끔거렸다.

장문인은 자신의 속도를 따라가는 것만으로도 벅찬지 얼굴이 벌게져 가쁜 숨을 내쉬고 있다.

어떻게 하면 저분을 구할 수 있을까?

그런데…….

갑자기 소운찬이 정한수에게로 고개를 돌렸다.

그리고 빙긋 웃는다.

지금의 상황과는 전혀 어울리지 않는 미소.

"고마웠다, 한수야."

이게 무슨 소리지?

정한수가 자신들이 도망치던 와중이란 것도 잊고 뭐라 말을 하려 입을 여는데…….

장문인의 얼굴이 보이지 않는다?

소운찬이 미리 마음이라도 먹고 있었던 것처럼 서서히 속도를 줄이다 갑자기 달리던 걸음을 멈춘 거다.

그 바람에 함께 달려가던 정한수가 소운찬을 앞섰다.

정한수가 속도를 줄이려 애쓰며 고개를 돌려 소운찬을 바라보는데…….

그의 어깨 뒤로 검을 든 채 달려오는 칠장로 탁경환의 모습이 보였다.

"장문인!"

정한수가 그에게 위험을 고하며 피하라 외치려는 순간!

"내 평생 가장 즐거운 시간이었다. 그러니 슬퍼 마라. 네가 살아야 화산도 사는 거다."

소운찬이 두 팔을 앞으로 뻗는다.

정한수는 설마 했다.

자신의 머릿속에 떠오른 생각을 애써 부정하며 몸을 비틀어 장문인에게 달려가려 했다.

하지만…….

퍼어엉!

소운찬의 손에서 뿜어져 나온 거친 바람이 몸을 반쯤 틀었던 정한수를 강타한다.

살기가 담긴 공격이 아닌데다 속도를 서서히 늦추던 중이었기에 직접적인 타격은 없었으나, 정한수의 몸을 쭉 밀어내며 멀리 보낼 만큼의 힘은 충분히 담겨 있었다.

장문인의 얼굴이 흐릿해지며 자신의 몸이 붕 떠서 멀찍이 떨어지자 정한수가 입을 벌린다.

하나 아무런 말도 나오지 않았다.

장문인이 빙글 몸을 돌려 그의 코앞까지 짓쳐든 칠장로 탁경환을 상대하는 게 눈에 들어온 거다.

장문인은 정한수를 멀찍이 밀어내 도망칠 수 있는 거리를 만들어 주고 자기가 미끼가 돼 탁경환을 막았다.

자신은 당장 달려가 장문인을 구하고 싶다.

장문인 당신은 죽을 각오를 하고, 자신을 밀어냈던 그 마지막 손길이 아니라면……. 그러고 싶다.

은은히 느껴지는 통증이 아픔이 아니라, 선물로 느껴진다.

그것도 한 사람의 생명을 건 감사하고도 고마운, 눈물 나는 선물.

거부하고 싶지만 이미 받아 버렸다.

어쩐지, 어느 순간부턴 자신을 향한 걱정이나 미안함을 내비치지 않으시더니 이렇게 하려고 진즉부터 마음을 먹고 있으셨던가 보다.

정한수가 이를 으득 깨문다.

그는 처음으로 검을 꺼내 들고 칠장로의 검을 쳐내며 휘청거리는 장문인에게서 눈을 돌렸다.

포기하는 게 아니다.

자신이 남아 끝까지 저항하면 결국 둘 다 죽겠지만 무공이 처지는 장문인 혼자라면 저들도 쉽게 굴복시켜 생포하는 방법을 택할 터.

섬서도 아닌 다른 지방에서, 아무리 반도로 몰렸다 하나 자파의 장문인을 죽이는 건 최악의 경우가 아니면 장로들 중 아무도 바라지 않는 일일 거다.

둘 다 잡히면 둘 다 죽겠지만, 이렇게 자신이라도 도망친 뒤 어떻게든 장문인을 구해 낼 틈을 찾는다면……

둘 다 살 수 있을지도 몰라.

희망이고 바람일 뿐이지만, 그런 기대라도 없으면 장문인이 구해 준 목숨을 어찌해야 할지 정한수 자신은 알 수가 없다.

그러다 실패하면 그때 죽으면 된다.

"잡아라! 장문인은 내가 맡을 테니 저놈을 끌고 와라!"

탁경환의 목소리가 등 뒤에서 쩌렁쩌렁 울린다.

정한수는 더 이상 지체하지 못하고 온몸의 기운을 끌어 올려 한 발 한 발 달려갔다.

채앵!

검이 한 번 부딪칠 때마다 소운찬의 몸이 반동에 휘말려 휘청거린다.

"검이 장문인을 휘두르는구려."

탁경환이 조소를 보낸다.

"장문인에게 이런 강단이 있는지는 미처 몰랐는데. 이 정도 결단력이 있었다면 진즉 좀 발휘하지 그랬소."

그랬다면 최소한 한 문파의 장문인이 이렇게 쥐 몰리듯 몰려 쫓겨 다니진 않아도 되지 않았겠나.

"어쨌거나 쓸데없는 짓을 했소이다. 한수 그 녀석이 아무리 대장로가 그토록 아낄 만큼 자질이 출중하다 하나 혼자 뭘 할 수 있겠소. 장문인이 가라 했다고 진짜 휑하니 꽁지가 빠져라 도망치는 걸 보니 녀석도 이런 짓을 벌인 걸 후회하긴 하나 보오."

챙, 챙!

탁경환은 소운찬의 검을 쳐내면서도 목소리 한 번 안 떨리고 제 할 말을 다 뱉어 내며 야유를 퍼붓는다.

검술 실력의 월등함은 비교할 필요도 없고, 탁경환은 그저 소운찬을 제 분풀이 삼아 가지고 노는 것뿐이었다.

"한수를 칠장로의 잣대로 재지 마시오. 그는 화산이 될 거요."

화산 그 자체.

"호오. 그러시오? 이 일을 어쩌나. 장문인이 차기 후계자로 점찍은 훗날의 화산이 이제 곧 목에 줄이 묶여 끌려올 텐데. 아니, 어쩌면 시체가 돼서 들려 오려나?"

탁경환의 눈이 음험하게 빛났다.

그는 절대 정한수를 놓쳐서는 안 되겠다 다짐했다.

한 사람이 한 문파를 대표하며 그 문파 자체가 되는 방법은 오직 하나.

"대장로님이 그 말을 들으면 아주 좋아하시겠군."

너무 좋아서 화산으로 돌아온 소운찬과 정한수를 찢어

먹으려 들 거다.

이제 소운찬과 검을 맞대기도 지겨웠는지 탁경환이 손에
힘을 줬다.

스아아악!

검에서 강한 기운이 피어오르며 희미한 매화 향이 퍼져
나간다.

"이게 바로 화산의 검이오. 장문인은 죽었다 깨어나도
스스로의 힘으론 맡을 수 없는 화산의 냄새지."

슈우욱!

자신의 심장을 향해 쇄도하는 날카로운 검끝을 두 눈으
로 보면서도 소운찬은 피할 수 없었다.

피할 능력도 되지 않지만, 이제 됐다란 생각이 더 강하
다.

충분했다.

자신이 잡혀 있으면 한수 그 녀석 성격상 어떻게든 구하
려 들지 않겠나.

소운찬은 자신의 마지막에서 눈을 돌리지 않으려 했다.

똑똑히 보아 주리라!

그런데 탁경환은 소운찬을 죽일 마음이 없는 모양이었다.

탁경환의 검이 소운찬의 심장 두 치 앞에서 딱 멈추더니,
반동을 흘리기 위해 위로 들어 올려진다.

스극!

검끝이 소운찬의 턱에서 볼을 베며 하늘을 향해 치솟았
다.

“이런. 그만, 실수를 했군.”

탁경환이 담담히 중얼거린다.

조금도 미안한 기색이 안 보이는 게 일부러 한 게 아닐까
싶을 정도다.

소운찬이 한 손을 피가 주르륵 흐르는 볼에 댔다.

화끈거리는 아픔과 더불어 죽지 않았다는 사실에 서글픔
을 느낀다.

“저기 돌아오는군.”

마침 추격대로 나섰던 화산검수들과 일반 제자들이 되돌
아오는 게 보였다.

“흐음. 이상하군.”

탁경환이 이마에 깊게 주름을 잡으며 고개를 갸웃거린다.

정한수가 보이지 않는 게 아닌가.

“어찌 됐나?”

맨 앞에서 다가오던 화산검수 중 한 명에게 물었다.

혹여 뒤에서 개처럼 끌려오고 있는 게 아닐까 기대하며.

하나 탁경환의 바람과는 다른 대답이 들려왔다.

“죄송합니다. 놓쳐 버렸습니다.”

화산검수가 고개를 푹 숙이고 흐릿하게 중얼거리는 말에
탁경환의 눈에서 불똥이 튄다.

“뭐라고!”

쫓아간 인원이 몇 명인데 단 한 명을 놓치고 돌아왔단 말인가!

“하하하, 하하하하!”

탁경환의 뒤편에서 시원한 웃음소리가 터져 나온다.

이토록 후련하고 경쾌한 웃음소리라니.

좌중의 시선이 탁경환의 어깨너머로 향한다.

그곳엔 소운찬이 허리를 반으로 접으며 숨이 넘어갈 듯 웃고 있었다.

“흥, 잠시 손에서 놓친 것뿐이오. 어차피 멀리 가진 못했을 터. 가까운 곳에 있는 추격대를 불러들여 함께 쫓다 보면, 어차피 독안에 든 쥐인 것을!”

탁경환이 노기를 참지 못하고 외쳤다.

소운찬은 대답 없이 계속 웃기만 했다.

그것이 탁경환의 심기를 크게 거슬렸다.

퍼억!

천천히 소운찬을 향해 다가간 탁경환이 그의 복부를 발로 찼다.

소운찬은 무방비 상태에서 맞은 일격에 너무나 가볍게 공중으로 떠올랐다 바닥으로 고꾸라진다.

“하하하……!”

컥컥거리면서도 웃음을 멈추지 않는 장문인으로 인해 탁

경환은 그에게서 처음으로 두려움을 느꼈다.

눈살을 찌푸린 탁경환이 어쩔 줄 몰라 하는 화산검수들에게 턱으로 소운찬을 가리킨다.

"묶어라. 절대 도망가지 못하게 감시하고, 혹시 문제가 생긴다면 죽여도 좋다. 반도에게 베풀 호의가 남아 있는 제자가 있다면 그는 더 이상 화산문하가 아니다!"

화산검수들이나 일반 제자들이 장문인을 향해 갖고 있는 동정이나 안타까움을 싹 말려 버리려는 듯 탁경환은 주저 없이 파문을 선언했다.

"너는 지강으로 가서 내가 반도 중 한 명인 소운찬을 잡았음을 알리고 정한수를 추적 중이라 전해라. 한시라도 빨리 당양으로 오라는 말도 잊지 말고."

"네, 장로님!"

탁경환과 가까운 곳에 있던 제자가 고개를 숙이며 답했다.

"어디 다음번에도 널 위해 목숨을 걸 수 있는 놈이 있는지 보자 꾸나, 한수야. 화산을 배신한 자에게 내밀어질 손은 없다!"

탁경환이 씹어뱉듯 중얼거리는 말이 흙바닥에 처박혀 아직도 일어나지 못하고 있는 소운찬의 몸 위로 떨어져 내렸다.

혼자서 사지에서 빠져나온 정한수의 눈가가 붉다.

그는 몇 번이나 되돌아가고 싶은 충동을 억지로 참으며 일단 안전한 곳을 찾아 움직였다.

그나마 다행히 뒤를 쫓던 추격대는 따돌렸으니 잠시는 시간을 벌 수 있으리.

"하아, 하아!"

긴장이 풀리니 전신에서 땀이 흘러내리며 애써 묻어 두었던 감정이 북받친다.

바닥에 털썩 주저앉은 정한수가 고개를 푹 숙이고는 어깨를 잘게 떨었다.

자신은 아직 신념을 지킬 수 있을 만큼 강하지 못했다.

장문인이 곁에 없으니 세상에 혼자 남아 있는 것처럼 느껴진다.

유청이에게 피해가 갈까 싶어 일부러 하남을 택하지 않았는데, 지금 마음 같아선 당장에라도 하남 진가장으로 뛰어가 그 녀석 얼굴을 보고 이죽거리는 어조로 뱉어 내는 핀잔이라도 잔뜩 듣고 싶다.

정신을 차릴 수 있도록, 자신이 용기를 낼 수 있도록.

"이 녀석인가?"

정한수는 자신의 머리 위에 드리우는 그늘과 함께 들려온 목소리에 머릿속이 차가워졌다.

이렇게 가까이 올 때까지 아무것도 느끼지 못했다니!

“맞는 것 같네.”

정한수가 주저앉아서도 놓지 않고 있던 검을 서서히 들어 올렸다.

“그 검은 휘두르지 않는 게 자네에게 더 나을 걸세.”

정한수의 손이 멈칫하며 정지한다.

그가 검을 휘두르는 대신 나타난 이들이 누구인지 확인하기 위해 고개를 들었다.

第七章

뜻밖의 인연!

“흐응……. 무슨 일일까?”

진유청이 인상을 찡그린다.

“유청이 너야말로 아끼부터 왜 그렇게 혼자 구시렁구시렁 거리냐?”

오자경이 핀잔을 줬다. 자꾸만 옆에서 혼잣말을 해대니 신경도 쓰이고, 아까 장웅이 만든 음식을 많이 먹는다 싶더니 탈이라도 난 게 아닌가 걱정도 된 탓이다.

“그냥 좀 이상한 게 있어서요.”

“새로운 소식도 없고, 멀쩡히 잘 가다 말고 혼자 뭐 그렇게 이상한 일이 많으냐.”

솔직히, 오자경이 보기엔 진유청 본인이 제일 이상했다.

　오는 짬짬이 틈을 내 금오상단 휘하 점포나 전장에서 인근에 있는 화산의 추격대가 어디로 어떻게 이동했는지, 낯선 인물들을 본 적이 있는지에 대한 정보를 구했으나 딱히 쓸모 있는 건 없었고…….

　그보다는 진유청이 연두색 수실이 묶여 있는 금패를 꺼내 들고는 온갖 잡스러운 것부터 구하기 힘든 것까지 여러 물건을 요구하는 통에 곤욕을 치렀었다.

　금오상단의 권위를 빌어, 전혀 쓸모도 필요도 없어 뵈는 물건들을 자꾸 달라고 하니 모팔의 눈썹은 점점 더 하늘과 맞닿으려 했고, 치호는 순간순간 변하는 표정을 어찌해야 할지 몰라 당황하는 기색이 역력했으니.

　제 말론 있으면 다 잘 쓰일 때가 있다곤 하지만……. 저 속을 누가 알리.

　그 짐을 다 짊어지고 가야 하는 장웅만 불쌍했다.

　"그런데 정말 이리 가면 돼?"

　앞장선 진유청이 너무 당당하다.

　마치, 어디로 가야 할지 정확한 길을 알고 가는 것처럼.

　"네. 곧 보일 거예요."

　대체 뭐가 보인다는 건지.

　장웅이 눈을 깜빡거리며 정면을 바라본다.

　멈춰선 김에 진유청은 눈을 지그시 감고 정신을 집중했다.

형님을 찾을 때처럼은 잘되지 않지만 조금씩 마음이 볼 수 있는 영역이 확장되며 그린 것처럼 주위 풍경이 머릿속에 떠오른다.

이것도 오래 할 짓은 못 돼.

무리했다 싶으면 바로 몸으로 타격이 온다.

오는 동안 다른 때보다 길게 세상을 엿보려 했다가 정신을 놓아 버렸으니 말이다.

다행히 피로가 누적된 탓인가 보다 변명을 했지만, 이대로 또 그런 일이 생기면 하남으로 돌아갔을 때 주변에 들들 볶이다 또 그 입맛 더러운 약재를 한 사발씩 들이켜야 할지도 모른다.

뭐, 그뿐이면 다행이지만 또 어떤 부작용이 있을진 알 수 없는 일이지.

"어? 저기⋯⋯."

과연 진유청의 말대로 반대편에서 한 무리가 다가오고 있었다.

최소한 둘 이상이니⋯⋯. 만약 저들 중 소운찬과 정한수가 있다면 이미 추격대에 잡힌 상태라 할 수 있다!

일행이 싸움을 예상하고 잔뜩 긴장하여 기운을 끌어올리는데.

"여기예요, 여기!"

진유청만이 감았던 눈을 살그머니 뜨더니 갑자기 두 팔

을 번쩍 들어 좌우로 교차하며 방방 뛴다.

애가 제정신이 아닌 건가 싶어 당황하는 일행들은 둘째 치고, 맞은편에서 모습을 드러낸 청운자도 놀랐다.

"마치 내가 올 줄 알았던 거 같구나."

청운자가 인사 대신 진유청을 향해 말한다.

"꼭 그런 건 아니지만, 어쨌건 만났으면 됐지요."

진유청이 별거 아니라는 듯이 대답했다.

진유청은 당양에 들어서기 전 이곳에서 자신과 친숙한 기운이 느껴지기에 분명 그것이 정한수의 것일 거라 생각했다.

한데 이상하게도 하나가 아니었다.

지금 이 상황에 자신과 친분이 있는 이 중 당양에 있을 이가 한수 말고 또 누가 있나 진유청 자신도 의아하던 차다.

특히나 당양에 들어서서 대체 둘 중 누가 한수일지 고민하다 더욱 강하게 느껴지는 기운을 쫓아가고 있었는데……. 시간이 지날수록 점점 두 기운이 가까워지더니 결국 하나로 합쳐진 거다.

진유청이 내내 이상하단 말을 되뇌던 이유다.

진유청은 방금 전 마음을 열고 세상을 엿본 후에야 궁금증을 해소할 수 있었다.

물론 하나를 풀고 나니 또 새로운 궁금증이 생겨났지만,

그거야 눈앞에 해답을 가진 이가 있으니 물어보면 될 일이
다.

"왜 여기 계세요?"

"……반갑단 인사까진 아니어도 왜 왔냐는 질문을 받을
줄은 몰랐구나."

청운자가 무표정한 얼굴로 받아친다.

"그야 무당산에 계셔야 할 분이 친구 분들까지 모시고
당양에 와 있으니 하는 소리죠. 그것도 모자라 화산과의 싸
움에 끼어드실 요량인지 한수까지 구해 주셨잖아요."

"구해 주지 않았다. 저 혼자 있는 걸 주운 거다."

"아, 네. 화산이 눈 뒤집고 찾는 보물을 주우셨으니 대
가는 톡톡히 받으시겠어요."

진유청도 어깨를 으쓱거리며 대답했다.

청운자와 진유청 둘 사이에선 평소 대화를 나누는 어투
그대로일 뿐이지만 듣는 이들은 티격 대는 듯 보이는 둘의
사이가 좋지 않은가 하고 신경을 쓴다.

한수만이 아직도 이게 꿈이야 생시야 감을 못 잡고 멍하
니 서 있었다.

그도 그럴 것이, 갈 곳도 받아줄 곳도 없다 여기며 앞으
로 어떻게 해야 할지 눈앞이 캄캄하던 차에 하늘에서 구명
줄이 두 개나 내려온 게 아닌가.

그것도 한쪽은 화산 못지않은 거대문파인 무당이고 다른

한쪽은 너무나 그리웠던 친구다.

"한수 너는 너네 장문인은 어디다 잃어버리고 청운자 할아버지랑 같이 있나?"

밉살스런 얼굴로 뱉어 내는 핀잔이 듣고 싶긴 했으나, 역시 현실과 이상은 괴리가 큰 법인가.

반갑기 보단 주먹부터 쥐어지는 걸로 봐서는.

그래도 얼마 만에 보는 건데 보자마자 주먹질부터 할 수야 없지.

채환이와는 종종 주먹다짐을 하며 다퉜지만, 아픈 건 딱 질색이고 과격한 싸움도 싫다는 진유청과는 한 번도 그런 적이 없어서 더 망설여졌다.

정한수가 가만히 서 있자 진유청이 혀를 차며 그에게 다가간다.

"잘난 얼굴이 반쪽이 됐네."

성질 나쁘던 강아지가 잘 자라 멋진 말이 된 건 기쁜 일이지만, 보는 순간 한숨부터 나오는 까닭은…….

정한수가 너무 어려운 길을 선택했기 때문이다.

개가 말이 될 수 있는 많은 방법 중 좀 평범한 걸 택할 것이지……!

예를 들면, 운 좋게 얻는 기연이나! 좋은 스승 새로 만나기나! 혹은 주변의 도움 잘 이용하기 등!

눈 크게 뜨고 잘 찾았으면 됐을 걸.

정한수의 위치나 자질로 보건대 제 녀석이 원하기만 했어도 얼마든지 그럴 수 있었을 거라는 게 더 안타깝다.

녀석은 마음을 단단히 해 높이 뛰어오르는 방법이 얼마나 어려운지 알면서도 선택한 걸까?

아니면 그냥 제 의지가 가라는 길로 곧장 나아간 걸까.

뭐, 저렇게 계속 단련하다 어느 날 높이 도약했을 때 날개가 뻗어 나와 더 이상 흙바닥으로 추락하지 않으면 천마가 되는 거겠지.

진유청 자신은 절대 못할 일이지만, 한수는 잘해 낼 거다.

일단 이번의 난리를 벗어날 수만 있으면 말이다.

"잘 못 지낸 건 얼굴만 봐도 알겠으니 인사는 생략하고. 그래, 이제 어떻게 할 거냐?"

진유청이 단도직입적으로 물었다.

"장문인을 찾으러 가야지."

정한수가 주저 없이 대답한다.

"나는 못 도와줘. 내가 해 줄 수 있는 건 여기서 너를 빼내 주는 것까지만이야."

진유청은 돌려 말하지 않았다. 자신이 최대한 무리해서 할 수 있는 선이 거기까지였으니.

"하남에서 여기까지 달려와 얼굴 보여 준 걸로도 충분히 받았다."

정한수가 흰 이를 드러내며 씨익 웃는다.

불안함이나 가식이 조금이라도 섞여 있었으면 차라리 나았을 거 같은데 정한수는 진짜로 그거면 됐다는 듯 환하게 웃었다.

…얘가 마음 약해지게 왜 이래.

진유청이 두 손으로 머리를 쥐어 싸매고 설레설레 흔든다.

아버지와 이현 형님의 화내는 얼굴이 머릿속에서 왔다 갔다 한다.

그것만이면 차라리 낫지만 동심회에까지 생각이 미치면…….

아! 그러고 보니, 청운자 할아버지가 있었지?

진유청이 청운자에게로 시선을 돌렸다.

"도사 할아버지. 무당 장문인께 허락은 받고 나오신 거예요?"

일단 그게 중요했다.

안 왔으면 애초에 기대도 안 했겠지만, 이왕 오신 길이니 찾아 먹을 수 있는 건 다 챙겨야 하지 않겠나.

장문인이 허락했다면 동심회의 의견이 반영된 사항인지 아닌지까지는 알 수 없더라도, 어쨌건 무당은 이번 일을 좌시하지 않겠다는 뜻이 될 테니까.

"약아빠진 녀석."

중간 과정을 다 생략하고 바로 본론을 찌르며 제 잇속을 챙기는 게 닳고 닳은 노물 같지만, 그게 제 배를 불리기 위함이 아니란 걸 알기에 미워할 수가 없다.

청운자의 중얼거림을 들은 진유청이 한쪽 눈썹을 슬며시 치켜올린다.

"요사스러운데 약아빠지기까지 했다니. 내가 무슨 요물이라도 되나? 칫⋯⋯!"

"요물이라⋯⋯."

사람들이 진유청이 뱉어 낸 말을 저도 모르게 입속으로 되뇐 뒤 감탄한다.

어쩜 저리 딱 어울리는 표현이 있나 싶은 거다.

"유청이 너는 스스로에 대해 잘 아니, 우둔한 자는 아니다."

칭찬인 거죠?

그렇게 눈 게슴츠레 뜨고 깨달음을 주는 양 치장해서 자신을 요물로 확정 짓고 어물쩍 넘어가 버리려는 수작은 아니시겠죠?

요즘 칭찬을 빙자해 은근히 욕을 하는 사람이 하도 많아 놔서, 살짝 헷갈리는데 말입니다.

설마 도사 할아버지도 그런 부류 중 한 분은 아니시겠지요?

진유청의 심기가 불편해지며 녀석에게서 심술궂은 기운이 스멀스멀 피어오르자 다들 앗, 뜨거워라 하며 모르는 척 시선을 회피한다.

"오늘은 바쁘니까 그냥 넘어가지만…… 다들 나중에 두고 봅시다."

두고 보자는 사람 하나도 안 무섭다는 말은 진유청에겐 통하지 않는다.

저 녀석은 두고 보자면 절대 잊지 않고 꼭 다시 한 번 펼쳐 보이고야 마는 성격이니까.

"하여튼… 도사 할아버지. 어떻게 된 거예요?"

진유청이 화제를 제자리로 돌려놓는다.

빨리 처리하지 않으면 저기 있는 한수 녀석 긴장해서 숨 넘어가게 생겼다.

"당연히 장문인의 허락을 받고 본산을 나왔다."

"무당은 타 문파 내부의 일에 관여하지 않는 원칙을 깨기로 한 건가요?"

후에 문제가 생길 소지를 없애기 위해 진유청이 한 번 더 확실하게 상황을 정리한다.

"절대 그건 아니다. 각 문파가 가진 고유성을 침범하여 내정에 간섭하는 건 있을 수 없는 일이지."

도움을 주지 않는다 해도 원망하지 않으려는 정한수의 진심은 거짓이 아니나 혹여 장문인을 구할 수 있도록 손을 내밀어 준다면 거부할 수 없는 자신의 처지에 대한 자각도 있다.

폐가 될 거란 걸 알면서도 바라는 염치없음에 얼굴이 화끈거리지만, 한 가닥 기대를 버리지 못한 건 어쩔 수 없는 일.

그래도 정한수는 청운자의 말에도 얼굴표정이 무너지지 않았다. 그리고 그런 스스로에게 실망하지 않을 수 있었기에 용기가 났다.

무당 분들의 도움으로 추적대의 추격을 완전히 피해 한숨 돌리며 체력도 회복했고, 친구를 만나 자신이 혼자가 아님도 확인했으니 막막했던 때와 비교하면 이 이상 좋을 수도 없을 거 같다.

바랐던 것과 정반대의 말이 나왔음에도 꼿꼿한 정한수를 힐끔거린 진유청이 입맛을 다신다.

아직 스물도 안 된 녀석이 왜 노인네처럼 세상 다 산 거 같은 얼굴을 하냐?

꼭 세상 이치 다 깨닫고 해탈하기 직전의 얼굴.

한수 네가 그 거지 같은 꼴을 안 당해 봐서 그렇지, 해탈 그거 별로 좋은 거 아니다?

침묵이 내려앉은 가운데 진유청이 뜬금없이 물었다.

"한수 저 녀석, 멋지죠?"

까탈 부리는 청운자의 눈에도 정한수는 분명 뛰어났다.

"흐음. 무당에 있는 호선이가 생각날 만큼 출중한 녀석이구나. 심성도 자질도 나무랄 데가 없는 것 같다."

…그러시겠지요.

　하여간 자기 제자 자랑은 이런 때도 절대 잊으시는 법이 없구나.

　"예전에 무림학관에서 만났을 땐 하방에 개 한 마리라고 불릴 만큼 성질 더럽던 녀석인데……. 화산파 장문인 곁에 있으면서 많이 교화된 모양이에요."

　화산 장문인 아저씨, 생각보다 아주 괜찮은 사람인가 보다.

　그런 사람이 이렇게 빨리 죽으면 안 돼지.

　"야! 유청이 너!"

　자기 얘기가 이어지니 당황한 정한수가 진유청을 부른다.

　"왜? 내가 없는 얘기했어?"

　진유청이 오히려 정색을 하며 되묻자 정한수가 할 말을 잃었다.

　"그, 그건 아니지만……."

　정한수가 기어들어 가는 목소리로 긍정하자 진유청이 그에게 관심을 끊고 다시 청운자를 향해 말을 이었다.

　"타 문파의 내정에 대한 간섭은 안 하는 게 원칙이고, 그걸 고수하는 데 있어 타협이란 없겠지만…… 그렇다고 잘못된 걸 그냥 두고 보는 것도 더는 하지 않으시려는 거지요?"

　"……맞다."

　진유청의 지적이 정확했다.

　화산에서 일어난 일은 화산이 처리함이 옳다. 거기에 대한 반론이 무당에선 있을 리도 없고 있어서도 안 됐다.

하나, 화산의 일이 무림으로 흘러나왔다.

화산 장문인에게 죄가 없을 거라는 건 누구나 알고 있지만 입 밖에 내지 않는 진실.

혹여 타 문파에선 모를 내부의 증거가 있을 수도 있지만, 결백을 주장하는 사람의 말도 한 번 제대로 듣지 않고 기회를 박탈한 채 끌려가게 할 수는 없었다.

다른 곳도 아닌, 무당의 터전인 이 호북에선!

청운자의 대답을 들은 진유청이 진중한 어조로 입을 열었다.

"예전에 소림 방장님이 말씀하시지 않았습니까. 소림과 무당, 개방은 썩어 고인물에 발을 담그지 않는 걸로 자신들을 지키려 했다고. 하나 그게 아니란 걸 알았을 땐 이미 늦은 후라고 말입니다."

이번엔 청운자가 대답 대신 고개를 끄덕인다.

그래서 자신들은 동심회를 탐냈고, 그러다 어느 순간 보니 강호 거대 문파 중 셋이 동심회에 소속돼 있었다.

자신들 안에 동심회가 포함된 게 아니라, 자신들이 동심회 내부로 들어가게 된 것이다.

"저는 이번 일이 무당이 깨달은 것을 더 이상 머리에만 새기지 않고 몸에도 새기려 하는, 첫 발자국이라 생각합니다. 무당이 동심회와는 무관하게, 대무당으로서 잘못된 걸 바로잡으려는 시도를 하고 있다고 말입니다."

말을 마친 진유청이 청운자를 비롯해 그와 동행한 다른 무당의 도사들과 하나하나 눈을 마주친다.

"어떻습니까. 제 말이 틀렸습니까?"

일행이 바짝 긴장하여 들려올 말을 기다린다.

소림과 함께 구파일방의 수좌 자리를 논할 만큼 저력이 있는 무당이다.

무당이 자신들의 행보에 변화를 주고 그것이 현실에서 드러나는 순간, 천하가 주목하게 되리라.

그건 동심회에도 영향이 없을 수는 없다는 뜻.

본격적으로 세상 풍파에 휘말려 더 이상 스스로를 감추고 연마하며 유유자적 보낼 수 있는 시간이 끝났다는 거다.

진유청이 소중히 여기며 마음껏 누리던 일상에 변화가 생기는 것 또한 당연지사.

하나, 흘러가는 대로 흘러가게 두리.

자신이 한수를 구하기 위해 훌훌 털고 진가장의 문을 나서서 당양으로 왔고, 이곳에서 청운자를 만난 건 지나간 시간에서 이어지는 결과물이다.

억지로 막아서면 더 거친 물살이 돼 둑을 부수고 넘쳐흐르고야 말 자연스러운 이치.

이제 문을 열 때가 된 모양이었다.

"아……!"

누군가의 입에서 탄성이 터져 나온다.

청량한 기운이 폐부 깊숙이 빨려 들어갔다 뱉어 내지며 숨이 한결 편안해졌다.

어디서 이리도 시원한 바람이 부나 했더니, 그 중심에 바로 진유청이 서 있는 게 아닌가!

"껄껄! 과연 대단하구나!"

청운자의 곁에 있던 노인 하나가 앞으로 나서서 진유청을 바라보며 말했다.

"이 녀석이 바로 그 '진유청' 인가?"

"네, 사형."

청운자의 대답에 진유청이 기겁을 한다.

도사 할아버지의 사형이면…… 이거, 어떻게 되는 거냐?

"저… 혹시 몇 번째 사형이세요?"

눈치 빠르기론 둘째가라면 서러운 진유청이 즉각 꼬리를 만 다음, 두 손을 포개 가슴 위에 대고 배시시 웃는다.

"자네, 나 말고 다른 사형이 더 있던가?"

노인이 맑은 눈을 빛내며 청운자를 돌아보고 묻는다.

"한 명 더 있었으면 사형의 뒤치다꺼리를 저 혼자 맡지 않아도 됐을 테니 얼마나 좋을까마는 안타깝게도 없습니다."

"예끼! 그동안 자네가 문파의 일을 등한시하고 강호를 떠돌며 유유자적 보낸 세월이 얼만데 고작 십 년 매여 있었다고 그런 말을 하는 겐가."

"정확히는 십 년이 넘었습니다, 사형."

청운자가 냉랭한 어조로 정정해 주지만 사형이라 불린 노인은 개의치 않았다.

"그래, 십 년. 그러니 앞으로도 십 년은 더 내 일을 도와 줘야지."

대답하는 노인네도 만만치 않은 기색이 팍팍 풍기는 게…….

이거, 이거…….

대어다, 대어!

진유청이 군침을 흘리며 저도 모르게 손등으로 입을 스윽 닦다가 노인과 정면으로 눈이 마주친다.

"하, 하하."

진유청이 손을 슬쩍 내린 다음 억지로 입가를 말아 올려 웃는다.

"반갑구나."

"네, 저도 무당의 장문인을 뵙게 되어 영광입니다."

진유청의 말에 일행들이 경악하여 노인을 주시한다.

저 청수해 보이는 노인네가 현 무당 장문인인 청기자란 말인가?

"알아봐 주어 고맙구나."

노인이 자신이 청기자임을 확인시켜 준다.

"그냥 서 계신데도 위압감이 느껴져 보통 분은 아니실 거라 생각하긴 했습니다만, 무당의 장문인께서 직접 오셨을 줄은 꿈에도 생각지 못했습니다.”

전자는 구라고, 후자는 진짜다.

사실 얼핏 보고, 무당에 많고 많은 도사 중 한 명인 줄 알았을 만큼 무당의 장문인은 평범한 편이었지만 그렇다고 꼭 집어 그렇게 말할 수는 없지 않은가.

“이렇게 귀를 호사시켜 주니, 소림 방장께서 자네 얘기만 나오면 칭찬을 멈추지 못하시는 이유를 알겠군.”

무당 장문이 인자한 미소를 입가에 그린다.

것 봐. 나쁜 말보단 좋은 말을 하는 게 인간관계 형성엔 확실한 도움을 주는 법이라니까?

진유청도 눈가를 반달처럼 휘지만……

“한데 말이네. 자네가 틀렸어.”

무당 장문인인 청기자의 말에 어정쩡하게 웃다 만 자세로 굳어 버린다.

“……그렇습니까?”

진유청 자신이야 워낙 낯짝이 두껍다 보니 자기가 한 말이 틀렸다는데 크게 쪽팔림을 느끼진 않지만, 우리 한수는 어떻게 해야 하나?

“그래. 자네가 크게 틀렸네. 이번 일은 우리 무당의 단독 행동이 아니라 동심회 전체의 의견이라네.”

뭐? 동심회 전체의 의견?

진유청이 눈을 깜빡인다.

"그럼 자네는 자네 아버지와 형이 이 위험한 곳에 금오상단의 도움만 달랑 들려 자네를 보냈을 거라 생각했나?"

진유청은 그것만으로도 역시 형님! 이라고 생각했었는데……. 뭔가 더 있었나 보다.

"사실 화산의 일이 동심회에 전해지자마자 자네 아버지와 이현이가 우리에게 의견을 구하는 전서구를 날렸었지. 자네에게까지 그 얘기가 들어가 자네가 진가장을 박차고 나왔을 때는, 아직 우리에게 답을 받지 못해 아무런 언질도 주지 못한 채 자네를 보냈을 테고."

화산과 개방, 무당으로 날아간 전서구는 세 문파를 고심하게 만들었다.

힘을 왜 모으는가. 그것은 그 힘으로 틀린 걸 바로잡고, 뜻을 세우기 위해서다.

아직 모자란 게 많고 적에 대해 다 알지 못하지만, 언제까지 힘을 모으기만 할 수는 없지 않나.

이 이상 몸을 사리며 움츠리고만 있는 건 위험을 피하고자 하는 핑계일 뿐, 아무런 명분도 주지 못한다는 걸 깨달았다.

"연락을 받자마자 무당 내에서 의견을 모으고 다시 진가장으로 전서구와 함께 인편으로 답을 보내긴 했는데, 앞으로 어떻게 해야 할지까지 논의하기 위해 시간을 보내다간 아무래도 늦을 것 같아서 나는 바로 이쪽으로 움직였지."

“그, 그럼 무당의 뜻은 전했지만 소림이나 개방의 답은 아직 모르신다는 거네요? 진가장에서도 의견을 구하는 편지를 보낸 거라 하니 동심회 내부에서도 아직 확정된 일은 아니고요?”

진유청이 듣다 보니 뭔가 이상했던지라 참지 못하고 캐묻는다.

그러다 소림이나 개방에선 좀 더 참아 보자라고 했으면 어쩌시려고!

금오상단에서 나올 때 상단주 어르신의 행동으로 보건대 그분도 아직 아무것도 모르시는 게 분명해 보였는데!

그런 걸 방금 전 무당의 독자적인 행보가 아니라 동심회 전체의 뜻이라고 단언까지 하시다니.

“예전에 소림과 개방에서 자네에 대해 알아보기 위해 무림맹으로 간다고 했을 때, 나는 무당의 아무도 보내지 않았네. 소림 방장은 자신의 눈으로 보고, 개방 방주는 자신이 믿는 수하의 눈으로 자네를 평가한다 했지만…… . 나는 친구들의 눈을 신뢰했으니까.”

그러니까 다른 분들도 그만큼 장문인 할아버지의 의견을 신뢰하고 따를 거란…… 또, 똥배짱 하나로 이런 일을 저지르신 겁니까!

진유청이 입을 쩍 벌린다.

뜻밖에도…… . 무당 장문인은 아주! 아주! 대책 없는 사람이 아닌가!

보통 뒷감당은 고려하지 않고 일부터 저지르는 사람은 다혈질로, 성격이 급한 편이라고 생각해 왔는데 눈앞의 청 기자를 보니 꼭 그렇지도 않은 모양.

도사 나름의 인자한 기품도 어느 정도 있어 뵈고, 말하는 것도 차분하여 이런 사고는 안 칠 사람으로 보이는데 말이다.

역시 겉만 보고는 모르는 일인 듯.

"그렇죠, 도사 할아버지?"

진유청의 물음에 청운자가 팔짱을 낀 채 반대편으로 고개를 돌려 버린다.

정작 중요한 부분은 빠져 있었지만, 진유청의 반쯤 썩은 표정만 봐도 앞에 나왔어야 할 말이 어떤 종류의 것인지 짐작이 간 탓이다.

진유청은 자신이라도 정신을 차려야 얘기가 제대로 진행이 되겠구나 싶어 얼른 결론부터 내렸다.

"중요한 건 무당파가 화산파 장문인께서 뒤집어쓰신 억울한 누명에 관심을 갖고 도움을 줄 요량이 있다는 거 아니겠어요?"

진유청이 한수에게 눈짓을 한다.

처음엔 무슨 뜻인지 몰라 목만 빼고 갸웃거리던 정한수가 진유청이 턱으로 아래쪽을 쿡쿡 찍으며 인상을 쓰자 아아, 하고 고개를 끄덕인다.

그리고 청기자를 향해 허리를 굽혀 공손히 인사를 했다.

"감사합니다. 이 은혜 절대 잊저 않겠습니다."

"그럼, 잊으면 안 되지. 어려울 때 도와주는 친구가 진짜 친구 아니겠어? 나중에 잘돼서 꼭 갚아야 한다, 한수야."

청기자나 청운자도 아닌 진유청이 정한수의 인사 끄트머리를 가로챘다.

"보십시오. 자꾸 얽히다 보면 나중엔 무당 기둥뿌리도 팔아먹게 만들 녀석입니다."

더 무서운 건, 당하는 쪽에서 '기꺼이' 그렇게 하게 만들 녀석이란 거다.

"무당을 받치고 있는 기둥이 얼마나 많은데 몇 개 팔아먹는다고 티도 안 날 걸세."

농담인 줄 알고 받아치는 청기자를 보며 청운자가 고개를 설레설레 저었다.

사형께서도 당해 봐야 정신을 차리시겠지 싶은 거다.

나중에도 그런 말이 나오나 봅시다, 사형.

청운자가 마음속으로 되뇌었다.

짜악!

진유청이 두 손을 세게 맞부딪혀 큰 소리를 낸다.

좌중의 시선이 그에게 쏠리자 진유청이 말했다.

"대충 정리가 된 거 같으니 이제 화산 장문인을 어떻게 구할지에 대해 얘기해 보는 건 어떨까요?"

좋은 의견 있으신 분?

"나! 나!"

손을 번쩍 드는 사람이 있다는 게 더 신기하다.

눈앞이 빙빙 돌만큼 빠르게 상황이 급변에 급변을 더하자 현기증이 난 정한수가 이마를 손으로 짚는다.

유청이 저 녀석은 학관에 있을 때도 학관을 발칵 뒤집을 정도로 사고를 치더니만, 이젠 더 큰 물인 무림에 평지풍파를 일으킬 모양인가 보다.

그것도 정한수 자신을 위해서.

자신도 한 번 해 보려 했다가 실패하고 큰일을 당할 뻔했지만… 유청이는 잘해 낼 거 같다.

녀석이라면 소중한 걸 잃지 않고도 자기가 원하는 걸 얻을 수 있으리라.

"일전 마주쳤던 수색대의 인원으로 보건대, 여기 있는 사람들 정도면 머리 쓰지 않아도 손쉽게 구할 수 있을 거 같은데?"

선이 곱고 잘생긴 얼굴의 청년이 제일 먼저 의견을 얘기한다.

"그건 머리 쓰기 싫어하는 자경이 형 생각이니 기각입니다!"

진유청이 명쾌하게 대답한 다음 다른 사람들을 둘러본다.

"아, 지 마음대로 할 거면서 물어보긴 왜 물어 봐!"

청년이 투덜대면서도 고개를 갸웃거리며 뭐 다른 좋은 생각 없나 고민하는 걸로 봐선, 저 사람도 유청이를 좋아하는 것 같다.

그렇게 따지면 저 잘생긴 형님도 나쁜 사람은 아닐 듯.

까칠하며 제멋대로 보이지만 유청이가 하는 행동엔 모두 나름대로의 이유가 있고, 그것은 결국 다른 사람을 위하는 거라는 걸 오해하지 않고 받아들일 수 있는 사람만이 저 녀석과 친해질 수 있으니까.

"자, 자. 시간이 자꾸 갑니다, 다른 의견 있는 분 계시면 얼른 얘기해 주세요!"

진유청의 목소리가 재차 귀에 파고든다.

"저 녀석은 하나도 안 변했구나."

키가 훌쩍 커서 상대적으로 얼굴이 좀 작아지긴 했지만 외양을 제외하면 하는 짓이나 말투나 예전과 거의 흡사했다.

아주 오랜만에 정한수의 얼굴이 편안해졌다.

마치, 상방 오호에서 친구들과 함께 어울려 이야기를 나누는 것처럼.

화산파 장문인을 구할 방법에 대해 설전이 이어지다 겨우 결정이 나자 정한수가 진유청에게 다가가 말을 걸었다.

"그런데 유청아."

"왜?"

“나 아까부터 너무 궁금했는데, 내가 당양에 있는 줄 어떻게 알고 찾아왔어?”

자신이 의창으로 목적지를 선택한 것에 대해 알아챈 건 서로에 대해 잘 아니 그럴 수도 있다 치자.

무당에서조차 장문인과 정한수 자신의 행적을 은밀히 찾다가 정말 운 좋게 당양으로 이동하고 있음을 알아챘다고 하지 않았나.

호북은 무당의 터전이니 그나마 가능한 일.

차라리 유청이도 무당파에서 소식을 받고 이리로 온 거라면 이리 놀라지도 않았으련만……

정한수 자신조차 마지막의 마지막까지 어느 길로 가야 할지 고민하다 발을 내딛은 곳이 바로 여기인데.

“아무 정보도 없이, 누구의 도움도 없이 네가 당양으로 가야 한다고 주장했다며.”

“그랬지.”

진유청이 심드렁히 대답한다.

“그러니까 어떻게 그랬냐고!”

자신은 진유청으로 인해 정말 너무 놀라 등줄기에 소름이 쫙 돋았을 정도인데, 이 녀석은 아무렇지도 않다 못해 별거 아니라는 듯이 구는 게 약이 오른다.

정한수가 인상을 쓰며 심상치 않은 기운을 풍기자 진유청이 귀찮았지만 어쩔 수 없이 입을 연다.

　진유청의 일행은 이미 들어 알고 있지만 저간의 설명을 듣지 못해 안 그래도 궁금해하던 청기자나 청운자는 귀를 크게 열고 곧 들려올 말에 집중했다.

　"네가 그랬잖아. 니네 대사형이 당양을 통해 학관에 데려다 줬다고. 그래서 작은 추억이 있다고. 목적지로 이미 한 번 허를 찌른 마당인데 가는 길까지 모르는 길로 돌아갈 여유는 없을 테니 아는 길로 움직일 거라고 생각했지."

　"오오……."

　청기자의 감탄성이 나직하게 울려 퍼진다.

　진유청은 뭐 그런 걸로 그렇게 놀라냐는 듯이 어깨를 으쓱거리지만…….

　"유청아."

　정한수가 눈을 깜빡거리다가 진유청을 불렀다.

　"왜? 감동했어? 그렇게 소소한 것도 잊지 않고 기억하는 세심하고 따스한 남자라서?"

　진유청의 너스레에 정한수가 마른침을 꿀꺽 삼킨 뒤 대답했다.

　"그거 나 아냐……."

　에엥?

　진유청의 눈이 커진다. 한수 니가 아니면 누군데?

　"당양을 통해 무림맹에 온 건……. 오현이잖아. 오현이가 학관에 올 때 아버님과 함께 당양을 통해 왔다고… 했잖아."

정한수 자신은 화산에서 당양을 통해 무림맹으로 가게 되면 꽤나 돌아서 가야 하는 길이기에 당양으로 올 이유가 없었다.

"거기서 반만 내 꺼다. 대사형은 기억 못하시겠지만 학관에 오는 길에 비가 많이 와서 대사형과 함께 비를 피할 동굴을 찾았었거든."

그, 그랬어?

얘기 중 반 토막은 한수 네 것이고, 나머지 반 토막은 오현이 것이었단 말이지?

갑자기 정적이 내리 깔린다.

당사자인 진유청은 물론 얘기를 하는 정한수, 듣고 있던 일행들 모두 등줄기로 식은땀이 한 줄기 주르륵 흘러내렸다.

젠장. 어떻게 하지.

너무 수줍게끔 진유청 자신만 바라보는 시선들이 부담스럽다.

그래. 이럴 때 가장 잘 먹히는 방법이 아마…….

"어쨌거나 만났으면 된 거야. 안 그래? 진짜 운 좋았다. 하늘이 돌보신 게 분명해!"

호시탐탐 자신을 노리는 하늘에게 인사까지 해야 하는 처량한 신세.

하나 진유청은 얼굴 한가득 환한 웃음을 담고 정한수의 등을 탕탕 내리쳤다.

"그치? 그치?"

빨리 동조하지 않으면 후환이 생길지 모른다는 협박의 손길이다.

"그, 그래. 그렇다고 치자."

"그렇다고 치긴. 사실이 그런 거지."

진유청이 딱 잘라 말한다.

과정이 어떻건 간에 결과가 좋으면 다 좋은 거 아니겠어?

그러니 우기자. 우기기에 장사 없다더라.

한데, 진유청의 노력에도 불구하고 썰렁한 분위기는 나아지지 않았다.

"아, 날씨 좋다아!"

진유청이 자긴 더 이상 모르겠다는 듯이 딴청을 부린다.

한데.

쾅, 쾅!

진유청의 말이 끝나기가 무섭게 갑자기 마른하늘에 노란 번개가 번뜩이더니 천둥소리가 터져 나왔다.

저런 염병할 하늘 같으니라고⋯⋯!

니가 나한테 하는 짓이 그렇지, 뭐!

진유청은 하마터면 너무 놀라 눈알이 튀어나가는 줄알았다.

하도 어이가 없는 상황이라 정한수도 잠시 말을 잃는다.

사람들도 황당함이 극에 달하니 오히려 웃음이 나오는지 피식피식 헛웃음을 터트리며 고개를 젖혀 하늘을 봤다.

투두둑!

굵은 빗방울이 하나둘 떨어져 사람들의 얼굴을 적신다.

이 정도면 오히려 대단하다고 해 줘야 하나?

"그래. 날씨도 차암 좋다아. 그치, 유청아?"

마찬가지로 하늘을 올려다보던 정한수가 얼어붙은 진유청의 옆구리를 쿡 찌르며 좀 전에 녀석이 했던 말에 동조해 줬다.

그리고 눈동자만 슬쩍 굴려 녀석을 힐끔거리니 녀석의 볼따구니가 은은히 붉어져 있는 게 보인다.

정한수가 입꼬리를 말아 올리더니 진유청의 머리 위로 손을 올려 장난스럽게 헝클어트렸다.

쏴아아아!

굵은 빗방울이 거세게 흐르는 물줄기로 변해 시원하게 세상을 적셨다.

第八章

당양에서 생긴 일!

“어서 비를 피할 곳을 찾아라!”

탁경환이 신경질 적으로 외친다.

스스로 운이 좋나 생각했건만 그건 소운찬과 맞닥트렸던 처음뿐인 것 같다.

곧 잡을 수 있을 거 같았던 정한수는 어디로 사라졌는지 찾을 수가 없고, 지친 제자들을 닦달하여 수색을 강화하다 보니 조금씩 불만이 쌓이는 듯했다.

그런데 비까지 내리니 수색은 더욱 난항에 빠지고 몸은 천근만근 가라앉는다.

“흥. 요즘 녀석들은 근성도 없고, 존장에 대한 예의도 모르니.”

탁경환이 나뭇잎이 우거진 나무 아래서 비를 피하며 인상을 찌푸렸다.

제자들은 이리 뛰고 저리 뛰며 동굴이나 경사진 바위틈이라도 찾으려 하지만 평소엔 눈에 띄던 것들도 마음이 급하니 보이지 않게 되는 모양.

차라리 어제 비를 피하려 내려갔던 마을로 돌아가는 게 날까 싶었으나 한껏 독이 올라 수색에 박차를 가하는 탁경환이 받아들이지 않을 것 같은데다 그나마 돌아가는 길도 쉽지 않을 듯해 포기한 상태다.

빗속을 허우적대는 자신들을 빤히 보면서도 재촉하는 시선으로 잔소리만 해대는 탁경환을 보는 이들의 속이 편할 리 없다.

거기다 더해 일부 제자들의 마음을 더욱 안 좋게 하는 광경이 있었는데.

"괜찮으실까?"

제자들 중 하나가 쏟아지는 빗속에 방치돼 있는 소운찬을 일별한 뒤 중얼거린다.

"무공도 약하다던데. 몸이 견디실지 모르겠네."

다른 제자도 걱정스런 목소리로 중얼거린다.

아무리 반도로 몰린 장문인이라 하나 아직 정식으로 파문되진 않은 상태가 아닌가.

한데도 장문인을 대하는 탁경환의 태도는 험하고 무례하

기 짝이 없다.

제자들 중에서도 칠장로의 행동에 무리가 없다는 쪽과 있다는 쪽이 나뉘어 은근한 대립양상을 띠우고 있고, 비까지 내려 몸이 축축 늘어지니 더욱 신경이 곤두선다.

"지강을 떠난 추격대는 언제쯤 도착하는 게야! 빨리 와서 손을 보태야 한수 그 녀석을 잡아서 화산으로 돌아가지!"

혼잣말을 중얼거리는 탁경환의 눈에, 장문인에게 젖지 않게 초를 칠해 만든 우비를 덮어 주는 제자가 보인다.

"뭐하는 게냐! 반도에게 호의를 베풀 만큼 정신이 나약한 자는 화산문하가 아니라 내 말하지 않았느냐!"

바로 불호령이 떨어졌다.

"하나… 이렇게 더 놔두면 큰일이 생길지도 모릅니다."

파리한 안색에 축 늘이져 비를 맞는 소운찬의 상태는 누가 봐도 극히 나빠 보였다.

"두어라. 우린 목숨 줄만 붙어 데리고 돌아가면 될 일. 그런데 신경 쓸 정신이 있으면 도망간 반도를 찾고, 당장 비를 피할 동굴을 찾는 데나 쓰도록 해라!"

급한 성질에 일이 뜻대로 풀리지 않으니 심화가 더해져 필요 이상으로 주변에 분풀이를 해대던 탁경환의 눈에 잘못 띤 제자의 오늘 일진은 참으로 암울하리.

탁경환의 노성이 한참이나 멈추지 않고 이어졌다.

멀찍이서 그 광경을 주시하는 한 무리가 있다.

"장문인……."

정한수가 분노로 몸을 부들부들 떨자 진유청이 그를 달랜다.

"나중에 몇 배로 갚아 주면 되지."

칠장로란 사람은 초면인 진유청의 눈으로 봐도, 노인네 심보 참 사납게 늙었다 싶었으니.

"근데 왜 무당에서 도와주겠다는데도 거절하고 우리끼리 이러고 있는 거냐?"

비를 피할 겸, 몸을 숨기기 위해 한참이나 비좁은 틈에서 쭈그리고 앉아 있었더니 갑갑해서 온몸에 쥐가 날 거 같다.

쉬운 길 놔두고 굳이 어려운 길로 가겠다는 진유청을 오자경은 이해할 수가 없었다.

"너무 욕심 부리면 나중에 탈나요."

자경이 형은 왜 그 나이 먹고도 그런 당연한 걸 몰라요? 하는 얼굴에 오자경의 주먹이 절로 쥐어졌다.

"야! 무당에서 괜찮다고 했잖아."

"무당이야 희생을 감수하고 나선 길이니 괜찮겠지만, 그랬다간 다른 사람들이 안 괜찮아져요."

정의를 바로 세우겠단 명목으로 나선 무당이 '우연히' 화산 장문인과 정한수를 만나 그들을 보호하게 되는 것과

‘작정하고’ 화산 추격대의 손에 잡혀 있던 화산 장문인을 탈취해 데리고 있는 것 중 뭐가 더 보기 좋겠나.

어떤 게 더 설득력을 갖고 사람들 앞에 얼굴을 세워 주겠냐 이 말이다.

그리고 그 사실이 동심회에 미칠 영향은?

애초에 한수는 구할 수 있어도 그의 장문인까지 손댈 수 없다 여겼던 건 동심회의 입장 때문인데, 그건 무당이 자체적으로 나서준 덕에 상쇄됐다.

그것으로 이제 이 일은 동심회 전체의 의견까진 아직 알 수 없으나 최소한 동심회에 소속된 무당의 일이 된 것이다.

그러니 자신들 위주가 아닌, 무당의 입장에서 풀어 나가야 옳다.

자신들이야 한수와 한수의 장문인을 구할 수 있는 기회를 얻게 된 걸로 충분하지 않은가.

“우리가 그런다고 다른 사람들이 모를 거 같아? 이건 정말 눈 가리고 아웅이잖아.”

“그야 그렇지요. 한데 그게 바로 중요한 겁니다. 눈을 가리고, 아웅 했다는 거!”

눈에 빤히 들여다 보이는 수작질이라 하더라도 자신들이 그렇다는데 어쩔 거냐.

게다가 실제로도 ‘무당’ 은 이번 일에 직접 관여하지 않았으니.

이건 순전히 정한수와 그의 패거리들이 벌인 수작질일 뿐이다.

"자, 그만 투덜거리고 이제 작전대로 하는 겁니다? 웬만 하면 피 볼 일 없이 부드럽게 해결해 봅시다."

싸움이 커지면 덮어야 할 일도 늘어나고 감정도 격해지 니까.

"그런데 유청이 너 괜찮겠어? 위험하지 않을까?"

그냥 뒤로 물러서 있는 게 어떻겠냔 장웅의 권고에 다른 이들이 동조한다.

여기까지 오는 동안 쉼 없이 달릴 수 있던 기운의 근원은 알 수 없으나 하여튼 달리기는 달리고, 싸움은 싸움이 아 닌가.

피가 튀고, 살이 베어질지 모르는 험한 곳에 유청이와 함 께 간다는 게 꺼림칙했다.

아아, 이 사람들이 정말! 자신을 무슨 곱게 큰 온실 속의 화초인 줄로만 아시네?

개망나니에 파락호, 거기다 더해 낭인으로 떠돌던 과거 삶이야 언급할 필요도 없지만, 이번 삶에서만 따져 봐도 자 신이 그렇게 안전한 곳에서 편히 지내지는 않았는데 말이 다.

학관에서 따돌림도 당하고, 가출도 해 보고, 북경의 황궁 에선 황태자한테 먼지처럼 사라지게 해 버리겠단 협박까지 들어 본 진유청 자신 아닌가.

"저도 한때 좀 놀았던 사람이에요. 걱정하지 말라니까요?"

"유청이 네가?"

못 믿는 기색이 역력하자 진유청이 히죽 입가를 말아 올린다.

"파란(破卵) 진유청, 하면 아는 산적은 다 압니다."

"파란(波瀾)?"

일행은 진유청이 한 말을, 순탄하지 않게 계속 이어지는 시련을 겪는다는 뜻으로 받아 들인다.

"그게 아니라……."

"쯧, 하필 별호를 지어도 꼭 저 같은 걸 짓는구나."

자신에게도 동생과 같은 진유청의 앞엔, 보통 사람들과는 다른 거대한 운명이 놓여 있다는 걸 누기 모를까마는 그래도 꼭 집어 제 입으로 저렇게 이름까지 만들어 붙이니 영 마음에 안 든다.

오자경이 진유청의 말을 잘라 먹으며 핀잔을 줬다.

"파란이요, 파란! 알깨기!"

깰 파(破)에 알 란(卵)!

진유청이 나직한 어조로 다시 한 번 확인시켜 준다.

"알깨기? 그게 뭐야……?"

한순간 이해하지 못한 장웅이 의아해하며 되묻자 진유청

이 턱 끝으로 장웅의 …를 가리켰다.

"헉!"

쭈그리고 앉느라 무릎을 쩍 벌리고 있던 장웅이 다급하게 다리를 오므렸다.

"북경의 황궁에서도 제가 이름을 날릴 뻔했다는 거 아닙니까."

진유청이 으쓱거린다.

"황궁에서 설마 이 짓을 했단 거냐?"

"그 이름이 뭐더라……. 금의위 도독의 하나밖에 없는 아들인 양 뭐시기란 녀석 거시기를 콱!"

진유청이 무릎으로 가볍게 위를 찍어 올리는 시늉을 한다.

"깨, 깼냐?"

같은 남자로서도 안타까운 일이지만, 금의위라면 나는 새도 떨어트린다는 콧대 높은 세도가의 자식일 텐데 그런 녀석을 건드리다니.

그것도 ……를 깨려 들어?

"다행히 안 깨졌나 봐요. 저도 양심이 있는데, 그렇게 어린애 인생 망칠 일 있습니까. 살살 했습니다, 살살."

"휴우우우."

여기저기서 동시에 안도의 한숨이 흘러나오는 게 다들 자기 일같이 걱정한 모양이다.

"자, 긴장 다 풀렸으면 이제 가요."

진유청이 다른 이들을 기다리지도 않고 먼저 튀어 나가려다 멈칫한다.

"아, 참. 까먹고 있었네."

진유청이 몸을 돌려 장웅이 등에 매고 있는 짐 보따리로 향한다.

"너 지금 뭐하냐?"

당장 뛰어갈 듯 다급하게 굴어 놓고 저게 뭐하는 짓이래?

오자경이 묻자 진유청이 대답 대신 짐 보따리에서 꺼낸 흰옷 하나를 내민다.

이게 뭐냐는 듯이 오자경이 옷을 멀뚱멀뚱 바라보자 진유청이 말했다.

"써요. 안 들키면 다행이긴 히지만… 혹시 모르잖아요. 비가 와서 시야가 흐릿하긴 하겠지만 조심해서 나쁠 건 없으니까요. 아니면 일이 잘못됐을 때, 화산 추격대한테서 반도로 낙인찍힌 그쪽 장문인을 데리고 튄 놈들이라고 평생 이마에 써 붙이고 다니시던가."

오자경이 냉큼 흰옷을 받아 얼굴을 둘둘 말았다.

"눈이 안 보여!"

……그럼 눈이 보일 만한 구멍이 뚫려 있으면 그게 걸레쪽이지, 옷이겠소?

바빠 죽겠는데 하여간 손 많이 가는 형님이라니까!

진유청이 품에서 단검을 꺼내 눈이 보일 만한 구멍을 뚫어 준다.

"다른 분들도 어서!"

진유청의 말에 사람들이 서로 눈치를 본다.

아니, 이 사람들이!

진유청이 인상을 팍 쓰자 장웅이 말했다.

"우린 여분의 옷이 없는데?"

움직이는데 불편할까 봐 짐은 다 무당 분들에게 맡기고 온 참이다.

어차피 다시 합류하게 될 터이니 그때 돌려받으면 된다고 생각했는데…….

"…미리 말이라도 해 주지 그랬냐."

어쩐지 제 짐은 꼭 갖고 가야 한다 박박 우겨대더니만!

장웅이 원망스레 바라보자 진유청이 인상을 쓴다.

최대한 조심스럽게 와 들키지 않게란 뜻을 충분히 풀어 설명했으면 그에 맞춰서 각자 준비를 했었어야 할 게 아닌가.

"앞으론 제가 똥도 대신 싸드릴까요?"

원하신다면 해드릴게요. 대신 형은 뒷간 가는 일 없기입니다.

"…그냥 그건 내가 싸면 안 될까?"

장웅이 기어들어 가는 목소리로 대답한다.

"그러면 어떻게 해야 합니까, 진 공자님."

무당 장문인인 청기자를 만난 이후 확연히 주눅 든 기색을 보이는 모팔이 조심스레 묻는다.

안 그래도 미운 털 박혀 있는 모팔이 눈치를 보며 하는 말에 진유청이 제 일 아니니 편하고 쉽게 대답했다.

모팔만이 아니라 다 같이 들으라는 듯 목소리를 높여서.

"정 없으면 속옷이라도 벗어서 뒤집어쓰시든지요."

그제야 마음이 급했는지 장웅도 진유청을 채근해 보지만……

진유청은 짐 속에서 자신이 얼굴을 가릴 것 한 장을 제외하고 남은 깨끗한, 그리고 마지막, 상의 하나를 꺼내 정한 수나 장웅이 아닌 강수에게 건넸다.

"연장자 우선입니다."

강수는 빈말로라도 거절하지 않았다.

"고맙다. 잊지 않으마."

그는 진심으로 고마워했다.

진유청은 별거 아니라는 듯이 씨익 웃어 보인 뒤 몸을 닦을 때 쓰는 천으로 눈 아래의 얼굴을 덮고 양 끄트머리를 머리 뒤로 돌려 잘 묶었다.

비에 젖어 얼굴이 다 비치긴 했으나 쓰지 않은 것과는 비교할 수 없다.

"다시… 갑시다!"

이번엔 정말로 진유청이 화산파 추격대가 있는 쪽으로 뛰었다.

"야, 야! 유청아!"

오자경과 강수를 제외한 일행이 서로 마주본다.

부스럭거리는 소리가 잠시 들리고, 일행이 서둘러 진유청이 간 곳으로 소리를 죽이며 이동했다.

내리깔린 어둠이 비에 젖어 일행의 몸을 감싸는 가운데 유독 눈에 띄는 발가벗은 등판 네 개가 서서히 멀어졌다.

화산검수 중 하나인 김인식은 동굴을 찾다 밤을 꼬박 새는 게 아닐까 걱정됐다.

"이게 무슨 꼴이냐."

당당한 화산검수가 쫄딱 젖은 쥐새끼처럼 발발 떨며 산기슭을 헤매다니.

동료들에게 다른 방향으로 이동하자고 말하려던 김인식의 귀에 커다란 외침이 들려왔다.

"찾았다! 동굴이다!"

김인식이 경공을 이용해 소리가 들려온 곳으로 달려간다.

가까이서 들려온 줄 알았는데 막상 가 보니 거리가 꽤 됐다.

"어? 정말 동굴이네!"

김인식의 얼굴이 환해진다.

오늘 밤을 당장 어떻게 보내야 하나 막막했는데 천만다행인 것이다.

그는 누가 동굴을 찾았는지 확인하기 위해 주변을 두리번거렸지만 이곳엔 자기 혼자밖에 없는 듯, 아무도 보이지 않았다.

인근에서 기척이 느껴지고 김인식의 동료들이 하나둘 뒤늦게 도착해 김인식을 보고 묻는다.

"동굴이 어디 있어?"

"저기 있다."

김인식이 가리킨 동굴로 향한 화산검수들이 안을 둘러보니 입구보다 속이 널찍한 아늑한 구조다.

가운데에서 불을 피우면 하루 종일 비에 젖어 축축해진 몸과 차갑게 식은 몸을 훈훈하게 녹일 수 있으리라.

"괜찮은걸?"

동물이 살았던 건지 누린내가 나긴 하지만 그래도 이 정도면 자신들이 찾는 조건에서도 아주 좋은 편이다.

"인식아, 수고했다. 너 아니었으면 큰일 날 뻔했다."

동료들이 김인식의 노고를 치하한 뒤 동굴 밖으로 나간다.

어서 가서 칠장로님과 다른 동료들에게 동굴에 대해 알리고 이쪽으로 오게 하려는 거다.

"어어? 내, 내가 찾은 게 아닌데……."

김인식이 당황했으나 동료들은 벌써 저만치 가고 있다.
이제와 다시 불러들여 설명을 하기도 뭐하고…….

"에이, 나도 모르겠다."

김인식이 머릴 벅벅 긁더니 포기한다.

다른 사람의 공을 자신이 차지한 건 미안하지만, 자기가
자리를 비운 탓에 생긴 오해를 어쩌겠나. 자기 탓인 게지.

"땔거리라도 찾아봐야겠군."

비에 젖어 불이 꼭 필요한데, 땔 만한 건 다 젖어 있으니
곤란하다.

나무를 해와도 마르려면 한참 걸릴 테니 말이다.

김인식이 고민하다 일단 동굴 여기저기 널브러져 있는
나뭇조각이나 바람에 쓸려 들어온 나뭇잎들을 한 데 모아
놓고 동굴 밖으로 나갔다.

"잘했다."

칠장로 탁경환도 동굴이 마음에 드는지 김인식을 칭찬했
다.

김인식이 계면쩍어하면서도 사실을 토해 내지 않는다.

나중에 동굴을 찾은 게 자기라고 주장하는 녀석이 있으
면 자신도 그때 딱 맞춰서 여길 찾은 거뿐이라고 하기로 마
음먹은 거다.

"이리 앉으시지요."

김인식이 탁경환에게 동굴 안에서 제일 좋아 뵈는 자리로 안내했다.

"네 이름이 뭐냐."

"김인식이라 합니다."

별거 아닌 일이 큰 기회로 탈바꿈하는 일이 종종 있다.

김인식은 자신도 드디어 줄을 잡았단 생각에 몸의 피로가 싹 가시는 거 같았다.

탁경환은 소운찬을 끌고 온 화산검수들에게 그를 지키게 한 후 자신은 휴식을 취한다.

철벅, 철벅!

젖은 발걸음으로 들어서는 제자들의 수가 늘어나자 이내 동굴이 꽉 찼다.

사람 수가 늘어나고, 시간이 지나자 동굴 안의 공기가 급격히 탁해진다.

게다가 제일 큰 문제는 바로 모닥불이었다.

"연기가 많이 나는군."

탁경환이 손을 부채처럼 흔들어 코끝을 스치는 매캐한 연기를 쫓는다.

"땔거리들이 젖어 있어 연기가 많이 나나 봅니다. 그나마 우리 전에 이 동굴에 머물렀던 이들이 있었는지 마른 나뭇가지 몇 개를 발견해 불을 붙인 다음 말린다고 말렸는데도 소용이 없었습니다.”

김인식의 말에 탁경환이 눈살을 찌푸리면서도 더는 별말이 없다.

어쨌거나 밖에서 비를 맞는 거보단 이곳이 나았으니까.

“비 때문인가 유난히 피곤하군.”

책임자이자 가장 연장자인 탁경환이 눈을 감자, 수군거리며 작게 울리던 대화 소리가 뚝 끊긴다.

동굴 안에선 나무 타는 소리와 소운찬이 내뱉는 희미한 숨소리만이 되풀이돼 울려 퍼졌다.

진유청이 심안(心眼)을 써서 찾아내 미리 손을 써 둔 동굴로 추격대를 유인하는데 성공한 일행은 이제 다음 작전을 진행하려 했다.

“우리가 나설 차례지?”

동굴에서 멀찍이 떨어진 곳에 자리를 잡은 진유청이 품속에서 어린아이 주먹 크기의 구슬을 꺼내 들었다.

“대체 유청이 넌 어디서 그런 걸 배웠냐?”

정한수가 진유청의 곁에 서 있는 장웅과 오자경을 힐끔본다.

저 형들, 알고 보면 뒷골목 출신이거나 그런 건가?

같이 놀면 위험한 사람들이라든지.

“우리가 가르쳐 준 거 아니다. 우린 이런 게 있단 것도 이번에 유청이 녀석 때문에 처음으로 알았다.”

정한수가 자신들을 꺼려하는 기색을 보이자 억울했던 오자경이 반박한다.

자신들도 진유청이 금오상단 휘하 전장이나 점포에서 별해괴한 걸 다 요구해 받아 챙기는 모습에 기겁을 했었다.

그중엔 산전수전 다 겪으며 잔뼈가 굵은 상인들도 모르는 물건도 있었으니 더 그렇다. 대체 유청이는 어디서 그런 걸 알게 됐을까?

“가루를 태우면 연기와 함께 마비산이 퍼지는 미약에, 나라에서 관리해 절대 외부로 유출이 안 되는 화약을 흉내 내서 만든 가짜 화탄에… 불이 잘 붙는 질 좋은 기름이라니. 낭인이나 파락호들 중에서도 질 나쁜 이들이나 쓰는 물건이었으니, 나도 꽤 놀랐었지.”

강수도 말을 보탰다.

오랫동안 무림을 떠돌아다녔던 그야 그 물건들에 대해 이미 알고 있던 터다.

다만 그것들이 한데 모여 이렇게 쓰일 수 있다는 건 상상도 못한 일이었다.

게다가 더 놀라운 사실은, 아직 무슨 일이 일어날지 몰랐을 때 미리 앞으로 닥칠 일을 대비했다는 것.

단순히 생각의 차이인가?

아니, 이것은 생각의 ‘질(質)’의 차이다.

강수가 새삼 진유청에게 감탄하고 있을 때 그는 속으로 혀를 차고 있었다.

하여간 다들 너무 곱게 컸다니까?

이런 걸로 놀라다니. 저 아래 아래 사람들을 만나면 이보다 더 기상천외하고 암시장에서도 받아 주지 않는 그런 물건들도 많다.

자신도 이걸 가져가서 과연 쓸 일이 있을까 하긴 했는데, 적들은 거대하고 자신들은 가진 게 없으니 사기라도 쳐야겠단 일념으로 열심히 챙긴 거다.

어차피 자신이 짊어지고 갈 것도 아닌데 뭐 어떤가, 했더니만……. 이렇게 잘 쓰게 되는군.

"역시……. 없어서 궁한 게 문제지, 있어서 문제 될 것보다는."

좋은 깨달음이다. 새겨 두자.

삶의 길이니 도리니 하는 거보다, 훨씬 실생활에 반영시킬 수 있는 여지가 많은 말이었다.

그러고 보면, 과거 삶에서 알아둔 것들 중 쓸모 있는 게 거의 없는데 참 의외의 것들이 가끔 도움을 준다.

세상 오래 살고 볼 일이다, 정말.

이번 삶에선 비명횡사하지 않고 벽에 똥칠할 때까지 호의호식하며 살아야 하는데.

"그러니까 좀 도와줘라."

진유청이 가짜 화탄에게 부탁한다.

"뭘 말이야?"

진유청의 행동이 기괴해 보였는지 옆에서 묻는다.

벽에 똥칠할 때까지 살 수 있게 화탄 너의 맡은 바 임무를 잘하라고 했다고 하기는 뭐했던 진유청이 말을 돌린다.

"……앞으론 좀 더 편협하고 비좁은 인간관계를 가져야겠어. 친구라고 얼마 있지도 않은데도 니들이 번갈아 가며 사고를 쳐대잖아. 여기서 친구가 더 많아졌다간……."

진유청이 말끝을 흐리지만 누구나 유추해 낼 수 있을 정도로 감춰진 말이 쉽다.

"그런 의미에서 이제 시작해야겠다. 한수 앞장서라."

진유청이 얼굴을 상의로 꽁꽁 가리고 있는 이들 중 하나를 가리켰다.

"얼굴을 가렸는데도 알아보는 거야?"

정한수는 이제 진유청이 하는 건 다 신기한 모양이지만……. 사실 못 알아보는 게 더 이상하지 않나?

키야 웅이 형을 제외하면 고만고만하다 쳐도… 상체를 벗고 있는 이들 중, 한 명은 덩치가 산만한 장웅이고 또 한 명은 멧돼지처럼 두툼한 모팔, 마지막 남은 이는 피부가 거무스름한 치호다.

"니 갈비뼈에 이름 쓰여 있다."

일일이 설명하기도 귀찮았던 진유청이 심드렁히 대답

했다.

여기서 놀라며 제 갈비뼈를 더듬기라도 하면 정한수 넌 심각하게 바보인 거… 구나.

바보 맞았다.

"그런데 아까부터 궁금했는데 다른 사람들이야 그렇다 쳐도 한수 너는 추격대와 이야기를 나눠야 하는데… 왜 얼굴은 가리고 있냐?"

목소리만 들어도 한수인지 알 거고, 만약 모르면 얼굴이라도 들이밀어 한수란 걸 알려야 하는데 말이다.

화산 장문인을 구해도 되는 건, 화산 출신으로 명분을 주장할 수 있는 정한수밖에 없다.

그러니 그가 혼자 일을 처리했다는 걸 뒷받침하기 위해 자신들은 나서지 않고 숨어서 온갖 사기술로 구멍을 매우지 않았나.

사기술은 정한수가 혼자서도 장문인을 구하는 게 가능했다는 증거가 돼 줄 거다.

물론, 그걸 가능하게 한 물건들이 갑자기 어디서 튀어나왔는지에 대한 의문이 남아 있기야 하겠지만…….

지나가는 개가 물어주고 갔다고 한들 자기네가 어쩔 건가.

"맞다, 그랬지."

정한수가 얼굴을 감고 있던 옷을 푼 뒤 탁탁 털어서 상체에 걸쳤다.

안 본 사이 잘 자라긴 했는데, 독기가 빠진 게 아니라 멍청해졌어.

진유청은 괜찮은 사람일 거라 여겼던 화산 장문인에 대한 자신의 판단을 일단 유보해야 하는 게 아닌가 하고 고민한다.

정한수야 오랜 도주로 심신이 지쳐 있다가 진유청을 만나 의지하게 되고, 그가 점점 상황을 나아지게 만들자 안심이 돼 긴장이 풀려 버린 탓에 그런 거지만 아무리 진유청이라 해도 그렇게까지 속내를 들여다볼 순 없으니 어쩔 수 없는 일이다.

"아까 얘기한 대로 잘해."

"응! 믿어 봐!"

정한수가 눈을 빛내며 동굴 쪽으로 다가갔다.

"으음?"

탁경환이 눈을 떴다.

동굴 밖에서 기척이 느껴진다. 처음엔 산속이다 보니 동물의 것이라 여겼는데 아무래도 그게 아닌 모양이다.

"혼자 찾아왔나? 설마?"

그의 얼굴에 조소가 드리운다.

"다들 정신 차려라."

탁경환이 화산검수들과 제자들을 깨웠다.

피곤에 지쳐 잠시 눈을 붙인 이들이나, 몸속의 피로를 씻기 위해 기운을 운기 하던 이들이 자세를 바로 한다.

"손님이 왔다. 반갑게 맞이해 줘야 예의지."

그의 눈길이 소운찬에게 향하자 찾아온 손님이 누구인지 짐작한 이들의 표정이 각양각색으로 변한다.

기절한 줄 알았던 소운찬의 어깨가 가늘게 떨린다.

살아나서 언젠가 훗날 화산으로 돌아가라 목숨을 걸고 등을 떠밀었더니 결국 다시 되돌아온 한수가 야속했다.

탁경환이 몸을 일으키려다 잠시 어지러움을 느끼곤 동굴 벽을 손으로 짚는다.

아무래도 고된 수색이 무리가 된 듯. 아무리 무공이 강하다 하나 정신적인 피로까지 어쩔 수 있는 건 아니니.

그런데 이건 무슨 냄새지?

탁경환이 신경에 거슬리는 낯선 냄새에 코끝을 쿵쿵대다가 밖에서 들려오는 목소리로 관심을 돌린다.

"장문인께선 무사하십니까?"

정한수가 동굴 입구 가까이까지 다가와 있는 게 느껴졌다.

"이렇게 제 발로 돌아올 거면서 왜 그리 힘을 빼며 도망을 쳤느냐."

탁경환이 약한 모습을 보이지 않으려 일부러 크게 말하

자 동굴 안의 공기가 떨려 귀를 울린다.

"그럴 만하니 그러지 않았겠습니까?"

쌀쌀맞은 대답이 돌아왔다.

탁경환이 심기가 불편해져 얼굴을 일그러트린다.

"너는 아직도 뻣뻣하구나. 화산으로 돌아가서 네 사부를 보고도 그렇게 당당할 수 있는지 보자."

"저는 돌아가지 않습니다."

"그럼 왜 여기까지 왔느냐? 하! 혹시 네 장문인을 데리러 온 것이냐? 너 혼자 그를 구하려고?"

"그렇습니다."

모습은 드러내지 않고 좁은 입구 바깥쪽 어딘가에 서서 꼬박꼬박 말대꾸를 하는 정한수 쪽으로 탁경환이 검지를 가리킨다.

화산검수 넷이서 입구 쪽으로 다가가려는데 그들의 동작이 영 굼뜨다.

짜증이 버럭 난 탁경환이 한마디 하려는 순간, 안의 상황을 보고 있기라도 한 듯 정한수가 말했다.

"가만 계시는 게 좋을 겁니다. 움직일수록 피가 빨리 돌아 약효가 금세 퍼지니까요."

"뭐라?"

동굴 안이 술렁인다.

탁경환이 급히 기운을 움직여 몸 상태를 확인하려 한다.

“기운도 움직이지 않으셔야 합니다. 훗날 같은 화산에서 마주칠 텐데 서로 얼굴 붉힐 일은 없어야지요.”

탁경환은 물론 다른 제자들이 고개를 번쩍 들며 기운을 움직이던 걸 멈춘다.

“네가 거짓말을 하는지 어찌 알고!”

탁경환이 빤한 수로 자신들을 속여 넘기려는 게 아니냐고 반박하자 정한수가 대답했다.

“그냥 힘주어 주먹을 쥐었다 펴 보십시오. 손끝이 저릿하고, 근육이 서서히 마비되고 있을 겁니다.”

거짓말이라 여기면서도 제 몸이니 함부로 모험을 할 수가 없었던지라 탁경환이 정한수의 말에 따랐다.

“……이럴 수가! 대체 언제 우릴 중독시켰단 말인가!”

탁경환의 낯빛이 붉으락푸르락해진다.

“이 동굴을 처음 찾은 이가 누구입니까? 누군가의 외침을 듣고 와 보니 정작 동굴을 찾은 이는 없는데 쉴 만한 곳이 보여 안으로 들어왔다 하지 않았습니까?”

탁경환의 눈이 근처에 있는 김인식에게로 향한다.

“저… 저…….”

김인식이 어쩔 줄 몰라 하며 안절부절못했다.

그 모습을 보니 정한수의 말이 사실임이 확인됐다.

“온통 젖은 것들뿐인데 처음 불을 피울 수 있게 해 준 마른 장작은 어디서 난 것이라 하더이까. 이 동굴 안이라고 말하지 않았습니까?"

했다.

똑똑히 들었다.

"연기가 많이 났지요? 그게 과연 젖은 장작을 더 넣어 그리된 걸까요? 확신하십니까?"

정한수가 쐐기를 박았다.

이 정도로 치밀하게 준비를 했는데 자신이 쓴 독이 가짜이겠냐 되묻는 거다.

"도망치느라 바빴던 놈이 언제 이런 준비를 했느냐. 꼭 미리 준비하고 있었던 거 같구나!"

"더러운 수에 당했으니, 더러운 수로 갚아야지요. 도주하는 동안 목숨만 겨우 부지해 쫓겨 다녔다 생각하시면 오산이십니다. 최소한 마지막에 한 번 목숨을 구할 수 있을 준비 정도는 했으니까요."

입에 침도 안 바르고 거짓말을 줄줄 해 대는 정한수는 그저 진유청이 외우게 한 그대로를 말할 뿐인데, 효과가 상당하다.

적절한 때, 거짓과 사실을 적당히 섞으니 이렇게나 크게 부풀려지는 거다.

사실 마비산은 무인들에게 큰 효능은 없다. 다만 저들의 근육에 미미한 마비를 줄 뿐이다.

제 몸 상태 변화에 예민한 무림인들은 그걸로도 충분히

확대해석 할 수 있는 여지를 주겠지만 중요한 건 그건 금세 들통 날 거짓말.

하나 진유청은 그렇게 허술한 계획을 세울 거였으면 차라리 다른 방법을 택했을 거다.

그는 추격대에게 별거 아닌 마비산을 천하에 다시없을 독약처럼 느끼게 만들었다.

오로지 심리적인 압박감을 주어, 하나하나 계획한 대로 풀어 나가면서.

마비산을 마비산으로만 쓰는 게 아니라 그걸 준비한 과정까지 작전의 일부분으로 넣어 세심하게 이용하니 더욱더 확실했다.

"장문인을 제게 보내 주십시오. 그러면 아무 일도 없으실 겁니다."

"닥쳐라! 네가 드디어 사도로 빠졌구나! 반도에 홀려 화산을 버리더니 내 이럴 줄 알았다. 이럴 줄 알았어!"

"소리치지 마십시오. 그 또한 기운을 더 빨리 퍼지게 할 뿐입니다."

정한수는 시종일관 담담했다.

"절대 장문인은 내줄 수 없으니 구하고 싶으면 들어와서 우릴 다 죽여라."

그는 아무리 몸이 마비됐어도 자신들의 수가 월등한 이상 정한수 하나 정도는 막아설 수 있으리라 여겼다.

정 안 되면 화산검수들의 희생을 각오하고서라도 저놈을 잡아 자신의 앞에 무릎 꿇리고 말리!

자기가 나설 생각은 하지 않으니 마음이 크게 동요하지 않은 탁경환은 협상을 거부했다.

"하아. 당신이 무슨 생각을 하는지 눈에 선합니다."

동굴 입구 앞에서 정한수가 한숨을 내쉰다.

그는 첫 번째 계획이 틀렸으니 두 번째로 넘어가기로 했다.

"제가 준비한 건 그것만이 아닙니다."

정한수가 안을 향해 소리쳤다.

"……뭐가 더 있느냐. 네가 아주 작정을 했구나."

동요하는 기색이 역력한 탁경환의 목소리에 정한수는 진유청이 말한 대로 일이 풀려나감을 알았다.

"이 동굴은 입구가 좁고 안이 넓어 적을 막아서기엔 좋지만 밖으로 나오기는 어려운 구조입니다."

"흥! 그렇다한들 네가 혼자서 우리 모두를 막아설 수 있을까?"

"제가 막아서는 게 아닙니다. 이쯤 되니 다들 숨 쉬기가 곤란하지 않으십니까? 슬슬 시간이 됐는데 말입니다."

안이 우왕좌왕한 게 다들 공기가 상당히 탁해졌음을 깨달은 듯했다.

당연한 거다. 입구가 좁은 동굴 안에 저토록 많은 이들이

들어간 데다 불까지 피웠으니 공기가 맑을 리가 없지.

한데도 저만큼 신경을 쓰이는 건, 마비산으로 인해 정한수가 준비한 다른 게 있는 게 아닌가 하고 긴장하기 때문.

"이런 때 제가 불을 붙이면 곤란한 지경에 처하실 겁니다."

미친 듯이 뛰쳐나오는 이들을 암기로 맞추는 건 정한수의 실력으로 크게 무리될 일이 아니다.

자신도 알고 저들도 안다.

그리고 그 사실이 두 번째 위협이 됐다.

"비 오는 날 불을 피운다고 붙기나 하겠나."

탁경환이 미심쩍어 하면서도 아까보다 누그러진 어조로 되묻는다.

위험을 느끼자 절로 위축된 탓이다.

"저도 그럴 줄 알았는데 유청이는 비 때문에 안 되면 다른 수를 만들어 내더군요."

정한수가 혼잣말을 중얼거린다.

진유청은 마비산을 바른 마른 나뭇가지들을 동굴 안에 흐트러트려 놓고 동굴을 떠나기 전 입구에서 동굴 안쪽 벽으로 이어지는 긴 홈을 팠다.

그런 다음 홈이 시작되는 입구 위에 비에 젖지 않게 초를 칠한 천의 끄트머리를 놓고 그 위를 커다란 돌로 덮어 고정함과 동시에 천의 존재를 가린다.

그리고 입구 한편에 돌로 눌러둔 것에서 이어지는 둘둘 말린 천을 바닥에 풀며 동굴에서 멀어짐과 동시에 거기에 젖은 흙과 나뭇잎을 덮는 작업을 쉬지 않고 했다.

시간이 흘러 추격대가 동굴 안으로 들어간 뒤 마비산에 취하고, 연기에 코끝이 매캐해져 냄새를 잘 못 맡게 됐을 즘, 진유청은 동굴에서 이어지는 천의 반대편 끄트머리를 일행 중 가장 키가 큰 장웅에게 맡겼다.

장웅은 천을 하늘 높이 들어 올린 채 진유청이 원하는 만큼 천이 팽팽하게 당겨지도록 천천히 뒷걸음질을 쳤다.

일행이 숨어 있는 지대가 동굴보다 높은데다 장웅으로 인해 힘을 받아 천이 서서히 공중으로 떠오른다.

위장 겸, 천이 바람에 비틀려 모양이 흐트러지지 않게 하기 위해 진유청이 덮었던 흙과 나뭇잎이 천 위에서 부스스 흩어져 떨어졌다.

진유청은 일행이 있는 곳에서 동굴 입구까지 얕은 호를 그리며 기울어진 천에 불이 잘 붙는다는 기름을 흘려 내렸다.

기름은 천을 타고 아래로 내려가 돌의 바닥을 적시다, 진유청이 천을 놓기 전 밑에 파놓은 홈을 따라 흘러 동굴 벽을 충분히 적셨으리.

"저는 바깥쪽에다 불을 피운다곤 하지 않았습니다만."

정한수가 아무런 감정도 담기지 않은 목소리로 나직하게

말한다. 그럼에도 불구하고 안에선 그의 목소리를 똑똑히 들은 듯했다.

“어찌… 이런 일이……!”

안에서 경악으로 가득 찬 외침이 들려오는 게 바닥을 적신 기름의 냄새를 이제야 맡았나 보다.

장웅에게 동물 배설물을 주워 오라 해 동굴 벽에 칠한 것도 기름 냄새를 조금이라도 덜 나게 하려는 계획 중 하나였겠지.

“네가 불씨를 던지면 네가 구하려던 장문인도 우리와 함께 죽는다. 그걸 감수할 용기가 있느냐?”

아무리 중독됐다 한들 추격대의 숫자를 넘어서서 소운찬에게 갈 수는 없을 테니, 탁경환이 갖고 있던 마지막 패를 던진다.

“그럴 용기는 없습니다.”

정한수가 순순히 인정했다.

안에서 듣고 있던 탁경환의 안색이 환해지지만 이어지는 정한수의 말에 동굴 안은 정적이 흘렀다.

“하나 불이 붙은 동굴 안으로 뛰어들어 가 장문인과 함께 죽을 용기는 있습니다. 이대로 화산으로 가시면 결국 저분과는 어울리지 않는 수치와 모욕을 당하실 텐데, 차라리 깨끗하게 화산의 마지막을 불태우고 저분과 함께 가겠습니다.”

"독한 놈…… !"

동굴 안에 몸을 웅크린 탁경환이 이를 득득 간다.

화산검수들은 물론 일반 제자들까지 탁경환만 바라본다. 그들의 눈에 삶을 향한 애절한 갈망이 보였다.

탁경환이 소운찬을 고문하면 정한수가 마음이 약해져 불씨를 버리지 않을까도 생각했으나 그럴 거면 차라리 다 같이 타 죽자며 달려들 거 같아 시도할 엄두가 안 났다.

"장문인을 보내 준다고 네가 우리를 살려 둘지 어찌 믿느냐."

"믿으십시오. 저는 화산 제자로 절대 하늘에 부끄러운 짓은 하지 않습니다."

정한수의 대답에 동굴 안에 있던 제자들이 동조한다.

"약속을 지킬 겁니다. 장로님도 저 녀석에 대해 아시지 않습니까?"

"장로님. 지강을 떠난 추격대가 내일 아침 정도면 도착하지 않겠습니까? 잠시 놓아 주었다가 힘을 합쳐 다시 잡으면 됩니다."

저들도 살고 싶은 마음이 강하겠지만 탁경환은 가진 게 많은 이다.

죽고 싶지 않은 이유가 수십 가지는 넘는다는 거다.

"…보내 줘라."

탁경환이 몸을 부르르 떨며 말했다.

　그가 눈을 감고 외면하자 비척비척 몸을 일으킨 이들이 소운찬을 억지로 잡아 세운다.

　소운찬은 대체 일이 어찌 돌아가는 건지 알 수 없었으나 일단 밖으로 나간다.

　"장문인!"

　얼마 떨어져 있지도 않았는데 수십 년 헤어졌다 만난 가족처럼 정한수가 소운찬을 끌어안았다.

　"대체… 어찌……."

　소운찬은 물어볼 게 많았으나, 뭐부터 말해야 할지 몰라 오히려 망설인다.

　"나중에. 나중에 얘기하는 게 좋겠습니다. 일단 마무리부터 지어야 하니까요."

　정한수가 장문인을 다독인 다음 동굴 안을 향해 외쳤다.

　"탁한 공기보다는 비를 맞더라도 밖으로 나와 아침까지 기운을 움직이지 말고 가만히 계십시오."

　굳이 그럴 필요까진 없지만 진유청이 마지막에 꼭 넣으라고 한 말이니 잊지 않고 한다.

　정한수는 그 말을 끝으로 장문인의 팔을 낚아챈 다음, 동굴이 있는 곳에서 최대한 멀리 가기 위해 달렸다.

第九章
배웅과 마중 사이

어느새 비가 그치고 동이 트기 시작한다.

"여기다. 여기서 기다리면 돼."

진유청이 일행을 멈추게 했다.

정한수가 소운찬과 이런저런 얘기를 하다 진유청이 다가오자 그를 소개한다.

나선 건 정한수 본인이지만, 말 한마디까지 모두 그가 하라는 대로 했을 뿐이다.

그러니 진유청이야말로 화산의 칠장로와 제자들의 간담을 서늘하게 하고, 거대문파 화산의 장문인을 피 한 방울 흘리지 않고 구해 낸 장본인이다.

일명 배후 조종자라 할까?

“이 녀석이 제 친구 진유청입니다.”

“반갑구나. 나는 화산의……. 소운찬이라고 한다.”

소운찬이 창백한 얼굴에 은은한 미소를 담아 진유청에게 인사를 건넸다.

과거 삶에서라면 화산에서 죽었어야 할 사람을 당양에서 멀쩡히 살아 있는 채로 대면하고 있다니 기분이 묘했다.

하긴, 그렇게 치면 앞으로 죽이게 될 놈도 황궁에서 만났으니 딱히 더 신기할 건 없는 건가?

진유청이 목을 쭉 빼고 그런 소운찬을 찬찬히 살핀다.

“유청아!”

정한수가 기겁을 해 말리지만 말린다고 들을 진유청이 아니다.

“이분이 그 ‘장문인’ 이시구나.”

진유청이 지대한 관심을 가졌다.

대체 어떤 사람이기에 가진 거 하나 없이 장문인이 됐다가 반도로 몰렸다가 제자 하나에게 구명 받아 튀었다가 다시 전혀 상관도 없이 자신의 손에까지 떨어져 겨우 살아난단 말인가!

“그래. 내가 바로 그 장문인이란다.”

소운찬이 씁쓸한 어조로 긍정을 표했다.

무례하다면 무례한 진유청 자신의 태도에도 화내는 기색은 전혀 없고 오히려 스스로의 탓이라 돌리는 모양새가 대인은 대인인가 보다.

한수 녀석이 독기 싹 빼고 절절맬 만큼 순수하고, 깨끗한 사람.

그러니 진유청 자신에게도 좋은 사람!

"헤헤헤, 반갑습니다!"

진유청이 손바닥을 슥슥 비비기 시작한다.

잘 보여야 하거나, 마음에 드는 사람 앞에서나 보이는 나구한 모습에 정한수가 안도했다.

워낙 성질이 지랄 같은 녀석이라 혹여 장문인을 마음에 들어 하지 않았으면 분명 어떻게든 괴롭힐게 뻔했으니.

"장문인, 한고비 위험은 넘겼고 굳이 의창으로 들어가지 않아도 화산의 추격을 빠져나갈 길이 생겼으니 앞으론 어떻게 하면 좋겠습니까."

정한수도 옆에서 거든다.

소운찬은 지금껏 정한수가 하자는 대로 따라 하다 자신이 결정을 내릴 상황이 오니 난감해하는 기색이 역력했다.

"그게, 그게 말이다……."

소운찬이 더듬거리며 쉬이 말을 잇지 못한다.

"편히 말씀하십시오, 장문인."

정한수가 조심스레 다독이자 결국 그가 어깨를 축 늘어트리고 이실직고 한다.

"뭘 어찌해야 할지 모르겠구나. 이대로 화산으로 돌아갈

수도 없고, 그렇다고 무당이 나섰다는데 우리만 쏙 빠져나
가 안전한 곳에 숨어 있을 수도 없고."

소운찬의 말에 진유청이 기겁을 한다.

아니, 한 문파의 주인이란 사람이 그 정도도 제 스스로
결정을 못한단 말이야?

정한수가 재빨리 진유청에게 눈짓을 해 그의 입을 막았
다.

"천천히 생각하셔도 됩니다."

천천히란 말만 뺏어도 진유청은 좀 더 참으려 했었다.

"야! 천천히는 무슨! 당장 코앞이 무림맹이고 뒤통수엔
화… 읍! 읍!"

정한수가 소운찬을 향해 어색하게 웃으며 한 손으로 진
유청의 입을 막은 채 질질 끌고 뒷걸음질 쳤다.

"웅웅! 으므리 그리 그치! 웅웅!"

입이 막힌 와중에도 뭔 할 말이 그리 많은지 알아듣지도
못할 소릴 중얼거리는 진유청이 장문인과 멀찍이 떨어진 뒤
에야 정한수가 손을 풀었다.

"정한수……. 니가 채환이한테만 맞아 봐서 내 무릎이
얼마나 비정한지 모르는구나!"

주먹도 아니고 웬 무릎?

게다가 무릎이 왜 비정하냐?

의아했으나 당장은 물어볼 상황이 아니니 정한수가 소운

찬에 대해 먼저 이야기한다.

"장문인께선 문파 내부의 일에 관여한 적이 단 한 번도 없으시다. 저분께서 스스로 한 선택이 평생 딱 세 번 있는데, 한 번이 사부님께 전권을 위임한 거고 두 번째가 나와 함께 화산을 나오신 거, 세 번째가 내 목숨을 살리기 위해 희생하시기로 한 거다."

"그래서?"

"그래서는. 그러니까 이해해 달라는 거지. 이제 막 날갯짓하는 새가 어떻게 벌써 하늘 높이 날아올라 자기가 갈 방향을 고를 수 있겠어."

아… 진짜 놀고 자빠졌네.

장문인 딱지 이마에 붙이고 걸음마하는 아기 새라니. 미치고 환장하겠다.

"대체 한수 너는 지 사람 어디가 그렇게 대단해 보여 목숨까지 건 거냐?"

진유청은 이해하기 어려웠다.

자신의 형님처럼 가진 게 없어도 빛이 나거나, 황태자 전하처럼 태어날 때부터 빛이 나거나, 남궁세가 대공자처럼 없는 빛을 만들어 칠하거나 한 것도 아니고.

"남의 것은 아무것도 탐내지 않으시는 분이시다. 자기보다 다른 사람을 먼저 생각하고, 위하지. 우리가 가진 힘이 노력으로 인한 보상이 아니라, 책임을 가져야 할 선물이라고 생각하셔."

흐응. 힘이 책임을 가져야 할 선물이라니.

그 말이 위력을 발휘하려면, 자기 자신부터 힘을 갖고 자신이 받은 선물을 다른 사람들에게 나눠줄 수 있어야 하는 것을.

"몰라, 몰라. 니네 장문인이니 니가 알아서 해."

확실히 대인은 대인이지만 그게 다인 듯.

그릇이 크기만 하면 뭐하냐. 아무것도 담을 수 없는 그릇은 이미 그릇의 용도를 상실했다.

진유청이 손사래를 친 뒤 고개를 돌리는데 저편에서 불안한 얼굴로 이쪽을 바라보는 소운찬이 눈에 들어왔다.

자기의 부족함을 미안해하고 있는 게 느껴진다.

괜히 눈은 마주쳐서는… 아이구, 머리야.

진유청이 관자놀이를 손끝으로 누르다가 정한수를 휙 째려봤다.

"너와 너네 장문인이 화산으로 돌아갈 수 있는 방법이 딱 하나 있어."

정한수의 눈이 커진다.

"뭔데?"

"근데 그거 한수 네가 타격이 클 거야. 친구로선 말리고 싶은데… 내가 네 인생 대신 살아 줄 수 있는 건 아니니 선택은 네가 해야겠지."

"어떤 일이든 감수할 수 있어."

정한수가 주먹을 불끈 쥐고 대답하자 진유청이 잠시 뜸을 들인다.

그에게 조금 더 생각할 시간을 주기 위해서지만 저 주먹이 풀어질 기미가 보이지 않는 걸로 봐선……. 그래. 일단 들어나 봐라.

진유청이 입을 열었다.

"너는 화산의 추격대에게서 너네 장문인을 구해서 도망쳤어. 그러다 정황을 알아보기 위해 당양으로 온 나와 무당 장문인을 만났고. 너와 너네 장문인은 우리에게 도움을 청했어. 여기서 중요한 건 작금의 일이 화산과 너희의 싸움이 아니라, 대장로 악기태와 너희의 싸움이란 걸 확실히 하는 거야. 너희는 음모에 빠졌을 뿐이고, 화산 내부에 지지 세력이 부족해 일단 물러난 거지."

제 사부의 이름이 나오자 정한수의 얼굴이 헐쑥해진다. 그래서 진유청이 말하지 않으려 한 거였다.

"대장로가 장문인이 타문파와 결탁했다는 증거나 증인을 내세울 수 없다면, 명분은 너희에게 있어. 명분이 있고, 무당과 동심회가 뒤를 받쳐 준다면……. 네 장문인은 화산으로 돌아갈 수 있겠지."

자신을 키워 준 사부와 자신이 따르고 싶은 장문인, 둘 중 하나를 선택해야 하는 기로에서 정한수는 이미 한 번 장문인의 손을 잡았다.

하나 두 번째 기로에선 그냥 도망치기만 하는 게 아니라, 칼을 쥐고 사부의 심장을 향해 찔러야 한다.

"어른이 된다는 건 이렇게 독해져야만 하는 거야?"

정한수가 입술을 깨물며 한숨처럼 뱉어 내는 말에 진유청이 안쓰러운 눈빛을 보낸다.

"더 독해지라는 게 아니라, 조금 덜 소중한 걸 포기하는 법을 배워야 할 뿐이야."

잘못된 길일지언정 먼저 걸었던 자로서의 충고다.

진유청이 정한수의 어깨에 손을 올리고 따스함을 담아 토닥인다.

이제 막 소년을 벗어나 어른이 돼 가고 있는 녀석이 스스로를 위해 바른 선택을 하며 나아갈 수 있기를 바라면서.

어깨를 두드리는 손가락의 토닥거림에 따라 호흡이 가라앉는다. 정한수는 마음이 차분해짐을 느꼈다.

"유청이 너는… 정말 신기해."

정한수는 살면서 진유청만큼 신기하고 이상한 사람은 만난 적이 없었다.

"그래?"

"응. 너 같은 녀석은 세상에 하나밖에 없을 거다."

바로 진유청. 너밖에 없어.

진유청이 왼손을 제 턱에 대고 엄지로 턱 선을 매만지며 눈을 가늘게 뜬다.

"앞으론 나를 볼 때마다 구경 값 내라."

"구경 값?"

"나처럼 신기한 놈은 세상에 나밖에 없다며. 여태까지 이런 걸 구경 값도 안 내고 실컷 감상했을 테니, 앞으론 마땅한 대가를 치르도록 하여라."

농담이… 겠지? 어느 정도는 진심이 담겨 있는 거 같아 좀 무섭긴 하지만 그래도 농담이긴 할 거다.

"내가 가진 게 뭐가 있다고 구경 값을 내냐. 화산에서도 쫓겨 다니는 몸인데. 외상이다! 앞으로도 평생 니 구경 값은 외상이야!"

정한수가 검지에 침을 날름 바른 뒤, 허공을 사선으로 그었다.

"쳇. 치사한 녀석."

진유청이 투덜대더니 이제 자기가 해 줄 말은 다했다는 듯이 정한수에게 소운찬이 있는 쪽을 눈짓으로 가리킨다.

방금 한 얘기에 대해 장문인과 충분히 얘기를 해 보라는 뜻인 듯. 그리고 진유청 본인은 강수가 있는 쪽으로 걸어가 자리를 비켜줬다.

"강수 아저씨! 무당 장문인 할아버지와는 언제쯤 만나기로 했죠? 시간 지난 거 아니에요?"

정한수가 자신에게서 멀어지는 진유청의 뒷모습에서 쉬

이 눈을 떼지 못한다.

"한수야……."

그가 혼자 덩그러니 서 있자 소운찬이 천천히 다가간다.

정한수는 진유청에게서 시선을 거두고 소운찬에게로 향했다.

둘의 시선이 부딪치고, 정한수는 자신의 눈을 똑바로 바라보며 피하지 않는 장문인을 향해 웃어 보인다.

소운찬은, 자신이 걱정할까 봐 흘러내리는 감정을 추스르는 정한수로 인해 마음이 아팠다.

"억지로 웃지 않아도 된다. 울고 싶을 땐 울고, 화내고 싶을 땐 화내라. 혼자선 못하겠다면… 내가 함께 울고, 화내 줄 테니까……."

소운찬의 말이 정한수의 귀를 울린다.

그 순간, 그는 선택했다.

"쯧……."

요령 좋은 녀석이 왜 저리 꽉 막힌 어려운 길로만 가려드는 건지.

진유청이 등 뒤에서 느껴지는 기운에 혀를 찬다.

"왜 그러느냐?"

"아니에요. 그냥 어른이 된다는 건 너무 어려운 일인 거 같아서요."

아는 게 많아지고 선택해야 하는 폭이 넓어지니 세상만

사가 다 고민거리가 된다.

"네게도 어려운 게 있느냐?"

강수의 말에 진유청이 그를 빤히 바라본다.

"저야말로 세상 참 어렵고 궁상맞게 사는 사람이거든
요?"

강수는 진유청의 말에 동의하기가 어려웠다.

무조건적인 사랑을 주는 많은 이들에게 둘러싸여, 아무
리 어려운 일도 척척 해내는 진유청이 아닌가.

"그런 계략을 미리 준비해 순식간에 써먹은 다음, 미련
없이 손 털고 튀어 버리는 능력까지 고루 갖춘 녀석이 말은
잘하는구나."

강수가 피식 웃는다. 진유청의 말이 그냥 하는 말이라고
생각한 거다.

"계략이라니요. 계략이나 음모 같은 건 세상을 뒤흔들
씨앗 같은 거잖아요. 깊게 뿌리를 내려 흙덩이를 움켜쥐고
다른 씨앗들을 말려 죽이며 자라는 거요. 제가 한 건 그냥
잔머리를 굴려 만든 사기죠, 사기."

진유청이 어깨를 으쓱거리며 강수의 말에 반박하지만 강
수는 그다지 동조할 수 없다는 듯이 웃기만 한다.

만약 칠장로란 노인네가 좀 더 버텨서, 폭발력은 없는 대
신 화탄이 터지는 소리와 연기만 재현해 낸 가짜 화탄까지
써야 했다면, 그땐 결과가 어찌 됐을지 장담할 수 없었던

걸 모르니 저렇게 편하게 얘기하실 수 있는 거겠지.

가짜 화탄은 미끼로 쓰기엔 너무 위험한 물건이다. 그런 물건을 갖고 있다면 불현듯 진짜인지 의심부터 들 테니까.

이번 일 같은 경우엔 가짜 화탄이 의심을 불러일으키면 앞의 것들까지 진위를 의심받게 되니 최악의 상황이 아니고서는 쓰지 않는 게 나은 물건이었다.

아마 그런 게 진짜와 가짜의 차이 아닐까?

진짜는 사용한 후 더욱 빛을 발하지만 가짜는 사용하기 전까지만 반짝거린다는 것.

"한데 여기서 만나기로 한 게 맞느냐? 무당 장문인께서 늦으시는구나."

진유청이 주변을 휘휘 둘러보더니 고개를 끄덕인다.

"여기 맞는데요?"

청기자 일행은 진유청이 화산파 장문인을 구하는 일에 무당의 도움을 받지 않겠다고 하자, 그럼 자기들은 인근에 있는 금오상단 관련 전장에 다녀오겠다고 했다.

혹시 동심회에서 새로 들어온 소식이 없나 확인하기 위해서다.

그리고 돌아오면 여기에 있겠다고 했는데… 왜 아직도 안 오지?

돌아오는 길이 늦어지시나.

한데 또 생각해 보면 무당 장문인의 앞길을 막거나, 발길을 늦출 일이 세상에 얼마나 되나 싶어진다.

걱정스런 마음에 진유청이 눈을 감고 마음을 연다.

진유청은 자신이 볼 수 있는 한도 안에 다른 일행이 없자 조금 더 영역을 확장시킨다.

이젠 보이는 게 아니라 더듬어 느낄 수 있는 포근한 세상에 안겼다.

그리고.

"으에에엑!"

진유청이 기겁을 하며 눈을 번쩍 떴다.

"왜 그래? 왜?"

일행들이 모두 놀라 진유청을 향해 달려와 그를 주시한다.

무슨 일인지 영문을 모르니 더 답답하다.

"그, 그게… 헤엑, 헤엑."

진유청이 거친 숨을 내쉬며 몸을 들썩이자 그를 보고 있는 이들도 저도 모르게 그를 따라 어깨를 들썩이며 숨을 고른다.

"보는 내가 더 숨이 차네, 휴우."

오자경이 고개를 흔드는데 겨우 숨이 안정된 진유청이 고개를 번쩍 들고 말했다.

"마중과 배웅 사이에 우리가 있네요."

"마중과 배웅 사이?"

“아무래도 한수와 한수네 장문인 아저씨가 인기가 정말 많은가 봐요.”

진유청 자신은 비교도 안 될 만큼 말이다.

“배웅을 하며 뒤를 따르는 이는 화산일 테고, 마중을 하겠다며 앞에서 다가오는 이들은… 설마…….”

유청이의 말을 받아 풀어 가는 정한수의 애길 주워들은, 눈치 빠른 장웅이 마른침을 꿀꺽 삼킨다.

그는 알 거 같았다.

“응. 무림맹인 거 같아. 그것도 아주 떼거지로 몰려왔네.”

진유청이 둘의 추측을 확인해 준다.

저 정도 인원이 의창 쪽에서 당양으로 넘어왔다면 무림맹 말고는 생각할 수 없다.

“화산을 무시하는 게 아니고서야 어찌 이럴 수가. 무림맹이 의창을 넘어서 당양으로 향하다니!”

호북에 있는 타 문파와 세가를 존중하는 의미로, 연합체인 무림맹의 영향력은 의창으로 제한하는 건 암묵적인 약속이 아닌가.

게다가 화산의 일에 각 문파가 암암리에 나서는 것도 아니고 무림맹 전체가 끼어든다는 건……. 화산에 대한 배신이다!

“……한데, 마중 나오는 사람들 중에 친숙한 기운이 섞여 있는 걸로 봐서는 아무래도 당양에서 상방 오호 친목 모임이라도 열리려나 봐.”

“오현이?”

“응. 오현이.”

“학관 수련생들을 데리고 나왔다는 건가?”

정한수와 진유청의 대화를 듣던 일행의 표정이 묘해진다.

불현듯 가장 중요한 걸 간과하고 있음을 깨달은 거다.

“대체 그걸 어떻게 알았어?”

가만히 서서 천 리를 내다본다는 천리안처럼 주변 상황을 읽을 수 있다는 게 현실적으로 가능한가?

“봤어요.”

“그러니까 언제 봤냐고?”

오자경이 캐묻는다.

“좀 전에 저 위에 올라가서 보고 왔어요. 됐어요?”

진유청이 검지로 자신들이 있는 곳에서 올려다봐야 하는 산비탈을 가리킨다.

그리고는 지금이 어떤 상황인데 그런 쓰잘 데 없는 걸 궁금해하고 그러냐며 오히려 오자경을 윽박질렀다.

오자경은 전혀 개의치 않고 눈을 게슴츠레 뜨고 진유청을 하나하나 뜯어봤다.

찔리는 게 있으니 더 저렇게 팔팔 뛰는 거라 여긴 거다.

“유청이가 무당 장문인께서 안 오신다며 주변을 살펴보

겠다고 하더니 잠깐 저 위쪽으로 올라갔다 내려왔었다.”

보다 못한 강수가 진유청의 편을 들어 줬다.

“언제요?”

오자경은 기회를 놓치지 않고 계속 갖고 있는 궁금증을 풀려 사부가 나섰음에도 일단 들이밀어 본다.

“……방금 전에.”

“웅이랑 저랑 얘기하는 중간에도 이쪽을 간간이 바라봤는데, 유청이가 어딜 간 적은 없었던 거 같은데… 언제요?”

“……방금 전이라 하지 않았느냐.”

“그러니까 방금 전 언제……. 겠지요?”

말이 빠르게 오고가다 보니 오자경 자신이 밟아선 안 될 선에 슬쩍 발끝을 걸친 모양이다.

사부님의 표정이 심상치 않자 오자경이 다급히 말미를 바꿨다.

“그래. 방금 전 언제였다.”

더 이상의 반론은 받지 않겠다며 목소리를 내리깐 강수로 인해 진유청의 위기는 일단락됐다.

깡마르고 체구가 작은 강수지만 그에게서 험악한 기운이 풍겨 나오자 여기 있는 누구보다 커 보였다.

“무당 장문인께서 안 오셨으니 어찌해야 할지 얘기라도 나눌까요?”

오자경이 슬금슬금 꽁무니를 빼고, 귀를 바짝 세우고 있던 이들도 어색하게 웃으며 오자경에 동조했다.

"저쪽으로 가지요."

오자경이 검지로 서너 걸음 떨어진 자리를 꼭 짚는다.

사람들이 그쪽으로 옮겨가니 진유청과 강수 주위는 조용해졌다.

"고마워요, 강수 아저씨."

진유청이 강수에게 다가가 조용히 속삭였다.

"너에게 비밀이 있다는 걸 많은 사람들이 알고 있단다. 그러니 언젠가 네가 말하고 싶을 때 네 의지로 말해 주려무나. 모두 그때가 오길 기다리고 있을 테니."

가끔 자신의 제자처럼 궁금증을 참지 못해 닦달을 하는 녀석도 있긴 하지만.

"아저씨가 제 비밀을 지켜 주셨으니 지도 아저씨의 비밀을 지켜 드릴게요."

진유청이 자기만 믿으라는 듯 새끼손가락을 슥 들어 올려 가볍게 흔든다.

"내 비밀?"

강수 자신이 가진 거 없이 낭인으로 오래 떠돌긴 했으나 하늘 아래 떳떳치 못한 비밀 같은 건 없는 사람이다.

"에이, 저한텐 숨기지 않으셔도 돼요. 무당 장로분들 중 한 분이 아저씨를 보고 깜짝 놀라시는 걸 제 눈으로 똑똑히

봤는데요? 무슨 죄라도 짓고 도망치고 계신 중이신 거예
요?”

“아… 그건……..”

강수가 변명하려 하지만 진유청이 막았다.

“물어보면 안 돼는 거였죠? 제가 실수했어요. 저도 아저
씨가 먼저 애기하고 싶어지실 때까지 기다릴게요.”

진유청이 넉넉한 마음을 발휘한다.

“유청아, 그건 말이다.”

“힘들면 애기 안 하셔도 되요. 앞으로도 시간은 많으니
까요.”

굳이 말하려는 강수의 입을 진유청이 막았다.

“마중 나온 이들이 오려면 아직 시간 여유가 있지만 배
웅 나온 이들은 곧 따라잡을 거 같으니, 서둘러야 해요.”

진유청이 그 말을 끝으로 장웅에게 가서 그가 짊어지고
있는 제 짐 보따리에서 젖지 않게 잘 싸둔 옷을 꺼내 정한
수에게 갈아입으라며 준다.

“유청이 너 여분의 옷 없다며!”

그래서 반은 벌거벗고 빗속을 뛰어다녔건만!

장웅이 씩씩거리며 눈을 부라리지만.

“여분의 옷은 없고 제가 딱 입을 옷만 있었어요.”

꼬투리도 잡지 못하고 달려들어 봤자 진유청에게 깨질
뿐이다.

"진짜 아니라니까."

진유청에게 하려 했던 강수의 대답이 허무하게 공기 중으로 흩어졌다.

뭐, 됐다.

굳이 설명해 주지 않아도 언젠간 알게 되겠지.

장웅이 생애 처음 오자경에게 도움을 청하고, 곰 새끼라도 친구는 친구인지라 오자경이 장웅의 편을 든다.

그러다 싸움의 양상이 장웅과 진유청에서 오자경과 진유청으로 바뀌게 된다.

"요 녀석이 해보자 이거지?"

"해보시던가!"

진유청과 오자경이 다시 으르렁거렸다.

"아까 언제 어디로 갔는데? 저 위에서 내려다본다고 해서 보일 정도면 여기 있는 우리도 다 느꼈이아 하잖아. 그렇지 않은 걸로 봐선 거리가 제법 되나 본데 어떻게 알았어? 니 친구의 기운은 어찌 알아보고, 응? 말해 보시지!"

이젠 답이 궁금한 게 아니라 트집을 잡기 위한 용도로 쓰이는 애기는 남들이 들으면 기겁을 하고야 말 천리안(千里眼), 혹은 심안(心眼)에 관한 것.

"아, 안 들려요, 안 들려! 에에에에에!"

두 손으로 양쪽 귀를 막고 혀를 내밀고 있는 진유청은 열일곱이라고 하기엔 믿기지 않을 만큼 유치하지만 기적을 행한 장본인이다.

"니가 이현이 동생이 아니라 내 동생이었으면 진짜 반쯤 죽었다, 아주!"

따악!

결국 꿀밤을 때리고야만 오자경과 그에 맞서는 진유청 사이에 번개가 파지직 튄다.

"그만해라. 무당 장문인께서 보고 알아차리실 만한 표식을 남겨 두고 어서 자리를 피하자꾸나."

상황이 급변해 더욱 위험해졌으니, 더욱 긴장해야 할 터.

지금까진 유청이 덕에 운 좋게 피를 보지 않고 원하는 걸 얻을 수 있었으나, 앞으로도 그럴지는 알 수 없다.

"한데 어디로 가야 할지……."

장웅이 한숨을 내쉰다.

자신들은 포위된 형국이나 마찬가지 아닌가. 목적지를 정하기가 애매했다.

"지금이라도 우릴 두고 떠나십시오."

소운찬이 용기를 내 말하지만 바로 기각!

차라리 구하기 전이었으면 모르되 애써 구했는데 두고 가는 건 또 뭔가.

그런 결정에 찬성할 만한 사람은 일행 중엔 한 명도 없었다.

"보강 쪽으로 방향을 잡아요. 여차하면 무당산으로 뛸

수 있도록.”

이판사판이다.

진유청이 나서서 가닥을 잡자 일행의 얼굴에 안도감이 서렸다.

진유청은 어려울 때일수록 의지가 되는 녀석이니까.

“눈에 잘 띄는 나무에다 글자를 새겨 놓죠.”

오자경이 검을 들어 두툼한 나무 기둥에 십자로 선을 그은 뒤, 자신들이 가는 방향으론 반 치 더 깊숙이 홈을 팠다.

서서히 떠오른 해가 온통 젖어 있는 세상을 따스하게 품어 안는다.

진유청 일행이 떠난 빈자리에 새로운 손님이 찾아왔다.

第十章
지금 이 순간!

“학관에서 수련생들이 다함께 훈련을 하러 바깥으로 나
가는 건 처음입니다.”
　거기다 유청이가 있을 때 크게 당한 일로 인해, 그 후 사
사건건 자신을 괴롭히는 이효민은 자기 쪽으로 가서 얼굴
볼 일이 없으니 마음이 가뿐했다.
　권오현이 조금은 들 뜬 목소리로 얘기하자 강일언이 희
미하게 미소를 짓는다.
　“바깥바람을 쐬니 좋은 모양이구나.”
　“그래 보입니까?”
　권오현이 머릴 긁적이며 얼굴을 붉힌다.
　강일언은 처음 학관 수련생들을 데리고 밖으로 나가 훈

련을 할 거라는 얘기를 들었을 때 의아함을 감추지 못했다.

어차피 학관에 왔어도 각자의 가전무공을 익히는데 주력하여 개인 수련을 중시하느라 수업도 잘 안 들어오는 학관 수련생들을 데리고 굳이 밖에 나가 훈련을 할 이유가 없지 않나.

학장의 말로는 무림학관의 폐관에 대한 논의가 이루어지고 있지만 아직 결정 난 사항은 아무것도 없다며, 수련생들이 동요하여 학관 내의 분위기를 흐트러트리지 않도록 단합의 기회를 마련하기 위함이라 했지만 글쎄…….

학장이 언제부터 그런 걸 신경 썼는지 모르겠다.

부학장 상두가 학관에서 쫓겨나다시피 하여 그만두고, 학관 내의 인사들이 대거 교체됐다.

현 학장은 그때 무림맹에서 내려온 관리 중 하나였으니 학관에 대한 애정도 전혀 없을뿐더러 수련생들에게도 무관심했다.

그러니 더 이해가 가지 않을 수밖에.

얘기가 나오고 준비를 하고 이렇게 당양으로 가고 있음에도, 아직도 찝찝한 마음이 사그라지지 않았었는데 제자인 권오현이 저리 좋아하니 아무렴 어떠냐 싶어진다.

친구로 붙어 다니던 진유청과 나채환이 가출을 감행해 학관을 나선 이후 내내 힘들어 하다 자신이 제자로 받아 준 후에야 마음에 안정을 얻어 수련에만 열중했으니 정말 오랜

만에 바깥 외출일 거다.

"너도 가끔씩 머리도 식히고 그래야지. 좀 있으면 학관 생 신분이 아니라 내 밑으로 들어오게 될 테니 그 전에 집에도 다녀오고 그러거라."

"하긴. 집에 가 본지 꽤 오래된 거 같긴 합니다. 이번에 시간을 내서 다녀오도록 하겠습니다."

권오현의 말에 강일언이 고개를 끄덕인다.

그때 뒤쪽에서 인기척이 느껴졌다.

"또……?"

강일언의 말에 권오현이 한숨을 내쉰다.

"저도 이유를 모르겠습니다."

왜 나무 뒤에 얼굴을 감추고 숨어서 자신을 지켜보는지.

"제갈 공자가 너를 마음에 들어 하는 게 아니겠느냐?"

"제가 마음에 들 게 뭐가 있습니까. 게다가 제갈 공자는 학관에 온 지도 얼마 안 됐는데 어찌 저를 알고……."

권오현이 어깨를 축 늘어트리자 강일언이 녀석의 등을 토닥여 준다.

"가서 말이라도 붙여 보려무나. 그럼 왜 저렇게 이상한 행동을 하는지 알게 아니냐."

"……그럴까요?"

하나 그냥 하방수련생도 아니고 제갈세가의 공자에게 먼저 가서 말을 붙여 볼 주변머리는 없는지라 말은 그리하면서도 다리는 꼼짝도 안 한다.

"녀석하고는."

강일언이 쓰게 중얼거리고는 앞서 가던 교두 하나가 자신을 부르자 권오현에게 잘 따라오라는 말만 남기고 동료에게 다가갔다.

"하아. 사부님은 나와서도 바쁘시구나."

바깥나들이를 해서 좋은 게 아니라 학관에서 다른 수련생들과 함께 부대끼지 않고 자신만 혼자 사부님의 제자로 있을 수 있다는 거에 기분이 좋았던 건데 말이다.

권오현이 터벅터벅 걸음을 옮기는데 그의 등짝을 향해 쏘아지는 시선이 점점 더 매서워진다.

권오현은 그 시선의 의미가 어서 내 존재를 눈치채고 말을 걸라고 하는 거라는 걸 알았다.

저렇게 빤히 뚫어져라 바라보는데 어찌 모를 수가 있을까.

먼저 말을 걸기도 어렵지만 저런 시선을 모른 척하기도 어려운 성격의 권오현이 뒤돌아 걸어서 나무 뒤에 숨어 있는 제갈영을 향해 입을 열었다.

"내게 원하는 거라도 있……."

세가의 공자님에 초면이니 말을 짧게 하기도 애매하고 그렇다고 같은 학관 수련생에 나이차도 나는데 존댓말을 하기도 좀 뭐하자 권오현이 말미를 흐린다.

그의 성격상 한참은 고민해야 할 문제였기 때문이다.

다행히 제갈영은 그런 건 개의치 않고 눈을 빛냈다.

"네가 진유청과 제일 친한 친구라며?"

진유청의 이름이 나오자 권오현의 안색이 굳어진다.

"누가 그럽니……?"

"그럼 아냐?"

"친구는 맞는데… 안 본지 하도 오래되어…….."

권오현이 차마 부정하진 못하지만 잔뜩 경계하여 제갈영과 거리를 둔다.

진유청과 나채환이 가출을 한 이후, 권오현은 하방수련생들의 집중 표적이 됐었다.

학관을 그만둘 생각도 하고, 유청이가 주고 간 목영선사의 신물을 사용할까도 고민하고……. 별의별 방법을 다 떠올렸었다.

하나 권오현은 그중 아무것도 선택하지 않고 맨몸으로 버텼다.

그러다 너무 힘들어 포기하고 싶어질쯤 강일언이 그의 등을 받쳐 줬다.

그래서 지금의 권오현이 있는 거다.

"흐으응……."

제갈영이 팔짱을 낀 채 권오현을 이리저리 살핀다.

"친구 아닌 거 같네? 진유청에게 너 같은 친구가 있을

리가 있나. 아무리 봐도 어디 하나 잘난 데가 없는 거 같은
데. 그 사람 친구가 되려면 적어도 소견 정한수나 광견 나
채환 정도는 돼야 하는 거 아니었어?"

파직!

그 말이 권오현의 자존심을 건드렸다.

너야말로 먼저는 말도 못 걸 정도로 소심해 보이는 게 내
앞에서는 기세등등하다 이거지?

내가 그렇게 물로 보이냐? 응?

진유청이었다면 이리 외쳤겠지만 권오현 자신은 죽었다
깨어나도 그렇겐 못하겠지.

"친구 맞거드…… 은……."

계속 애매하게 말끝을 잘라 먹는 게 힘겨웠던 권오현이
슬쩍 말을 놓으며 제갈영의 눈치를 살핀다.

"에이, 아닌 거 같은데?"

"진짜라니까아……!"

"그래? 정말 친구야?"

제갈영의 눈동자가 반짝 빛을 발했다.

내가 왜 그딴 놈과 친구라고 했을까.

알고 보면 사실, 당한 것도 많고 같이 휘말려 고생한 것
도 한두 번이 아니고…….

권오현은 제 입을 묶어 버리고 싶을 정도였다.

그는 미치고 팔짝 뛴다는 말이 어떤 □
처럼 뼈저리게 느껴 본 적이 없는 거 같았□ 지금

유청이 녀석이 상방 오호로 하방의 소견 정한
왔을 때도 이 정도는 아니었지.

권오현은 자신의 뒤를 졸졸 쫓아다니는 어린 소년을 □
끔 돌아본다.

소년은 권오현과 눈이 마주치자마자 걸음을 빨리하여 권
오현의 뒤로 바짝 따라붙었다.

누가 보면 형을 잘 따르는 동생으로 보였으리.

권오현으로선 상전으로 모셔야 하는 동생 따위 전혀 달
가울 리 없지만 말이다.

"저기……."

희미하게 귀속으로 파고드는 목소리에 권오현이 속으로
만 한숨을 내쉰 후, 자신에게 찰싹 달라붙어 웅얼거리는 어
린 소년을 바라본다.

"왜 그러는데?"

"그 얘기 더 해 주면 안 돼?"

"그 얘기라니?"

권오현이 한 번에 알아듣지 못하자 소년이 조금 더 길게
말한다.

"누명을 썼을 때 말이야. 그때 그거 남궁 공자가 상방수
련생들한테 시켜서 거짓말하게 한 거지? 부학장이 그들의

인으로 단정 지었을 때 마치 모든 사실을 알고
말처럼 증거의 허점을 찾아내고 반박해서 그를 꼼짝
했다며?"

"그, 그랬지."

어쩌 한자리에 있었던 권오현 자신보다 더 잘 아는 거 같
다.

아니, 비단 이 이야기만이 아니라 눈앞의 소년은 진유청
이 무림학관에 있을 때 있었던 일이나 행동, 사건에 대해
모르는 게 없었다.

"그 얘기 더 해달라고."

"……이미 다 알고 있잖아."

"그럼 다른 얘기해 줘."

"이젠 없어."

한 얘기 또 하고, 한 얘기 또 하고.

길을 가는 동안 내내 몇 십 번은 한 거 같다.

"알려지지 않은 다른 얘긴 없어? 한자리에 있었고 진유
청과 제일 친한 친구 사이였다며."

"누가 그러는데! 내가 유청이랑 제일 친했다고."

"점창의 사도 공자가 그러던 걸?"

내 그럴 줄 알았지.

그러니 학관에 온지 얼마 되지도 않는 제갈 공자가 자신
을 알고 찾아왔지!

권오현의 눈가가 푸들거렸다.

사도진이 바로 권오현에게 닥친 시련의 원흉이었던 거다!

열심히 사는 사람을 왜 이렇게 자꾸 괴롭히는 거야……!

속에선 뜨거운 게 울컥 치밀지만 그렇다고 권오현의 성격 상 제갈세가의 귀한 공자님인 제갈영이나 점창의 최고 후기지수로 뽑히는 사도진에게 따질 수도 없는 노릇.

그냥 속으로 삭히고 만다.

어차피 권오현 자신은 앞으로도 무림맹 내에서 쭉 생활해야 하는데 그들과 얽혀 얼굴을 붉혀서야 좋을 게 뭐가 있나.

그는 자기가 상방 오호의 다른 친구들과는 달리 아주 평범하다는 자각이 있었다.

대세를 거스르거나, 그것을 뛰어넘을 수 있는 뛰어남 따윈 눈곱을 떼고 찾아봐도 찾을 수가 없고, 그렇게 큰 욕심은 애초에 부리지도 않는다.

자신은 그저 대세에 편승해, 낙오나 되지 않았으면 하고 바라는 그런 사람일 뿐이다.

그래서 몇 년 전, 한수가 화산으로 돌아가고 유청이와 채환이가 가출을 해 혼자서 어려움을 겪었어도 권오현은 꿋꿋이 자기 자리를 지키려 애쓴 거다.

자신이 할 수 있는 것과 해야 할 것은 무던히 노력하는 것밖에 없다고 생각했으니까.

많은 사람들이 거쳐 가는 무림학관에서 뛰어난 이도 보고 화려한 이도 봤지만 그들과 자신을 비교하지 않고 묵묵히 검을 휘둘렀다.

하고 싶은 걸 하지 못하는 이도 찾아보면 많을 텐데, 딱히 두각을 나타내진 못해도 자신은 좋아하는 걸 한다는데 큰 의의를 두고 그걸로도 즐거워할 수 있는 소소한 사람인 것이다.

"더 해 봐. 진유청에 대한 얘기."

유청이랑 원수라도 진 건가.

적을 알고 나를 알아야 백전백승이란 유명한 말도 있잖은가.

"학관에 온지 얼마 되지도 않았는데 유청이에 대해 왜 그리 관심이 많아?"

유청이가 알았다면 아리따운 아가씨도 아니고 이런 꼬맹이에게 관심 따위 받고 싶지 않다며 신경질을 냈을 게 분명하지만……

그건 말하지 말자.

그랬다간 이 꼬맹이가 더 앵앵거릴 테니까.

"유명하잖아, 진유청."

유명해? 유청이가?

하긴, 유청이가 악명이 좀 높긴 했지.

"으응… 그, 그래."

애기하기 싫으면 싫다고 할 것이지.

하방수련생들도 각자의 문파로 돌아간 이가 많고 학관 자체가 폐관 논의를 거치며 점점 더 입관하는 수련생도 줄어드는 판이었는데 뜬금없이 제갈세가의 도련님이라니 어이가 없었는데…….

이제 알겠다.

제갈영, 이 꼬맹이는 제갈세가에서도 내놓은 녀석인 듯.

왜 자신은 이런 녀석들만 꼬이는 걸까?

자신처럼 소소하고 평범한, 그런 녀석들은 세상에 그리 많지 않은 건가?

권오현이 크게 낙담해 터덜터덜 걸음을 옮긴다.

"야, 야!"

제갈영이 자신을 무시하고 가 버리는 권오현을 부르지만 그는 멈춰 서지 않았다.

다시 한 번 크게 권오현을 부르려 하던 제갈영이 멈칫한다. 너무 큰 소리를 내면 주변에서 걷던 다른 이들도 자신을 바라볼 게 아닌가.

그는 다른 사람들의 시선을 받고 싶지 않았다.

결국 권오현은 점점 멀어지고 제갈영만 혼자 남는다.

"저게……!"

무시당했다는 생각에 제갈영의 눈빛이 음험하게 가라앉았다.

사도진은 권오현과 제갈영이 붙어 있다 떨어지는 광경을 묵묵히 주시하고 있었다.

"무얼 그리 봐?"

같은 점창 소속에 사장로의 제자인 영기현이 고개를 쭉 빼고 사도진이 바라보던 곳으로 눈길을 준다.

"아무것도."

"아무것도 아니기는. 제갈 공자 보고 있던 거 아니야?"

남궁세가로 시집 간 제갈미미의 사촌 동생으로 그녀와는 그다지 사이가 좋지 않은 듯, 제갈세가에서 영 기를 못 펴고 사는 아이다.

"아니다."

사도진은 차가운 목소리로 영기현의 관심을 끊어 냈다.

"녀석하고는."

장문인께 총애 받는 제자라 하여 콧대가 하늘을 찌르는 사도진이 마음에 안 드는 건 사실이지만 그렇다고 앞으로 점창의 요직에 오를 사도진과 친분을 쌓을 기회를 그냥 버릴 수야 없지 않나.

"그나저나 제갈세가는 역시 제갈세가인가 봐. 어찌 이런 생각을 했을까. 그치?"

공통된 화제가 없으니 영기현이 이번 임무에 대해 말한다.

"무림학관의 수련생들을 이용해 의창을 넘어 인근 지역을 훑고, 혹시나 화산의 반도들을 발견하면 의창 안쪽으로 밀어 넣어 먼저 잡는 사람이 공을 차지하자니 말이야. 이렇게 하면 의창은 물론 자귀에 당양에…… 반도들을 우리가 발견할 가능성도 상당히 높아지잖아."

화산이 반발하더라도, 무림학관 수련생들이 훈련을 겸해 그들을 보호할 책임자들과 함께 나선 길에 우연히 발견한 것뿐이라 발뺌하면 그만이다.

게다가 무림학관은 무림맹 소속이고 그 안엔 온갖 문파가 포함돼 있으니 화산이 이번 일로 시비를 걸려면 무림맹 전체를 상대해야 할 터.

"우리가 반도들을 잡기만 하면, 장문인께서 큰 상을 내리실 텐데."

영기현의 얼굴에 탐욕이 서린다.

이제 십대 후반의 나이인데도 불구하고 눈동자에 낀 희뿌연 막이 눈빛을 탁하게 만들었다.

"화산의 추격대가 당양에 머물고 있다는 정보가 있다. 공을 세우는 것도 좋지만 그들과 문제가 생기는 일이 없도록 신경 쓰는 게 더 중요하다."

사도진은 장문인의 명이니 어쩔 수 없이 따르고는 있지만 이번 당양행이 영 마음에 들지 않았기에 다른 때보다 더 낯빛이 차갑다.

게다가 사도진은 제갈세가에서 남 좋은 일을 시키기 위해 제 발로 나서서 이렇게 일을 추진할 거란 생각은 들지 않았다.

만약 화산의 반도를 발견하면 의창으로 몰아넣고 거기서 먼저 잡는 문파가 소유권을 주장하자고?

그렇게 해서 제갈세가가 차지할 자신이 있다면 모르되, 온갖 쟁쟁한 문파들이 즐비하게 늘어서 있는 곳이 무림맹이고 의창인 것을.

아무리 제갈세가라도 자신들이 화산의 반도를 차지할 수 있다 장담할 순 없을 터.

뭔가 마음에 걸리는 게 있었다.

"그야 그렇지."

"알면, 주의해라. 괜히 마음이 앞서 일을 망치지 말고."

사도진은 영기현의 성격에 대해 알기에 미리 경고했다.

"알았어. 조심할게."

영기현이 일그러지려는 얼굴을 억지로 펴며 대답했다.

막사총은 칠장로 탁경환이 남긴 흔적을 쫓아 그를 찾았다.

화산의 표식은 길가에 돌을 쌓아 두어 돌의 개수와 색깔로 방향과 거리, 그리고 몇 번째 남긴 흔적인지를 대략 알아볼 수 있게 하는 거였다.

　한데 한동안 비가 워낙 많이 왔던지라 무너지거나, 흩날린 나뭇잎에 덮여 찾기 어려운 표식이 많아 꽤나 고생을 해야 했다.

　“장로님!”

　겨우 겨우 칠장로를 찾아내 얼굴을 맞댔는데 이 무슨 변고란 말인가!

　칠장로는 얼굴이 반쪽이 된데다 심한 감기에 걸려 있었다.

　그건 칠장로가 이끌던 추격대의 다른 제자들도 마찬가지.

　“이게 무슨 일입니까?”

　“…비를 너무 오래 맞았다.”

　몸을 극한으로 다듬는 무림인이 아무리 비를 맞는다 해도 이 지경이 될 수는 없다.

　그러니 그만큼 정신적인 충격이 컸다고 할 수 있었다.

　“한수… 그 녀석을 다음에 만나게 되면 내 손으로 직접 죽여 버리겠다!”

　쉬어 버린 목소리로 꺼질 듯 뱉어 내는 말에 살기가 진득하게 배어 나온다.

　“대체 무슨 일이 있었기에…….”

　막사총은 상상도 못할 일이 있긴 했으나, 그걸 다 설명하려면 자신들이 얼마나 멍청하게 정한수의 술수에 걸려들었는지까지 얘기해야 하니 탁경환이 그냥 입을 다물어 버린다.

다른 건 몰라도 독기를 해소하기 위해 비를 맞으며 아침 해가 밝을 때까지 운기도 하지 않고 맨 바닥 위에 누워 있던 처량한 꼴이라니!

책임자가 그렇게 침묵해 버리니 남은 제자들이라고 도리가 있나.

막사총의 사나운 시선에도 입을 봉한 채 고개를 숙이는 제자들이 대부분이었다.

"지강 인근에 있는 다른 추격대를 만나 그들도 함께 왔습니다. 그리고 대사형이 본산에서 제자들을 이끌고 오고 있단 소식이 전해졌기에, 그쪽으로도 당양에서 반도들의 흔적을 발견했다고 알렸습니다."

"아주 잘했다. 용후가 직접 온다니 마음이 놓이는구나."

전용후의 치밀한 머리와 감정에 치우치지 않는 결단력은 분명 큰 도움이 될 것이다.

하나 가장 좋은 건 전용후가 도착하기 전, 자신들이 반도들을 잡는 거다.

용후는 예전부터 그답지 않게 한수에게 너그러운 면이 있어 실수를 감싸 주곤 했으니 사형제간의 정으로 마음이 약해질지도 모를 일이다.

그렇다고 정한수를 풀어 주는 실수를 저지를 리야 없겠지만 탁경환이 자기가 당한만큼 갚아 주기엔 무리가 있을 터.

"…그렇기야 하겠지요."

막사총이 자기보다 대사형을 더 높이 사는 탁경환으로
인해 마음이 상한 듯 보이지만 그게 사실이니 달래 줄 여유
가 탁경환은 없었다.

오히려 짜증이 난다고 해야 하려나.

"한데 반도 중 한 명을 잡았다고 하셨는데, 그는 어디
있습니까?"

막사총이 아무리 살펴도 소운찬의 모습이 보이지 않자
탁경환에게 묻는다.

"그는 도망쳤다. 한수 그 녀석이 구해갔지."

"네? 그동안 장로님께선 무얼 하셨습니까?"

막사총이 당황한다.

둘의 무공을 합쳐도 탁경환 한 사람에 미치지 못할 텐데,
이만한 인원을 데리고도 소운찬을 데려가는 정한수를 막지
못했단 말인가?

진유청의 계획대로 이들은 정한수 혼자 소운찬을 구해갔
다는 것에 조금의 의심도 품고 있지 못했다.

그도 그럴 것이 그렇지 않다는 증거는 단 하나도 없고,
그들이 얼굴을 보고 확인한 이도 오직 정한수뿐이니.

"지금 나를 추궁하는 게냐."

탁경환이 볼을 푸들거리며 노기를 비치자 막사총이 황급
히 변명했다.

"그럴 리가 있겠습니까."

탁경환은 한 손을 내저어 막사총의 입을 다물게 한다.

"됐으니 더 이상 내 심기를 불편하게 하지 말라."

막사총이 고개를 푹 숙이고 입술만 달싹거리며 자기가 놓쳐 놓고 자신에게 분풀이를 한다며 탁경환을 욕하는데 그의 머리통 위로 믿기지 않는 얘기다 들려왔다.

"용후에게 사람을 보내라. 장문인이 화산의 차기 장문인으로 정한수를 택했다고."

"네?"

막사총이 고개를 번쩍 든다.

화산의 차기 후계자로, 정한수를?

"그래. 본산에도 알려라. 대장로께서도 아셔야 할 일이니. 최악의 경우 소운찬을 놓치는 한이 있어도 정한수는 안 된다. 그가 끝까지 결백을 주장한 채로 후계자 대열에 서게 되면, 앞으로 우리 화산엔 바람 잘 날이 없을 것이다."

"명심하겠습니다."

막사총의 두 눈에 정한수를 향한 질투가 이글거리며 피어오른다.

한발 잘못 들어 늪으로 빠진 줄 알았더니, 그렇지만도 않은 모양.

그가 다급히 화산검수를 불러들여 탁경환이 시킨 대로 말을 전한 뒤, 아직 기운을 차리지 못한 탁경환 대신 추격대를 지휘해 수색을 이어 나간다.

"절대, 절대 당양을 벗어날 순 없을 거다!"

막사총이 어금니를 꽉 깨문 채 중얼거렸다.

"아, 귀 간지러워."

진유청이 검지를 귓구멍에 꽂고 긁적인다.

누가 이렇게 내 욕을 많이 하나?

……잠시 눈앞을 스쳐 간 사람 숫자만 해도 열 손가락은 가볍게 넘는 게 진유청 자신이 새로 태어난 삶에서도 마냥 착하게 살지는 못한 모양이다.

덜컹!

마차 바퀴가 돌에 걸렸는지 크게 들썩이다 바닥을 푹 찍으며 생긴 반동으로 엉덩이가 한 뼘쯤 공중으로 떴다가 가라앉았다.

"허억!"

진유청이 제 엉덩이로 손을 내린 뒤 주물럭거리며 앓는 소리를 낸다.

"이래서 내가 마차는 싫다니까!"

당양에서도 제법 규모가 큰 도회를 지나칠 때 모팔이 갑자기 잠시만 기다리라며 안으로 불쑥 뛰어들어 갔다.

그리고는 나올 땐 말 두 마리가 매어 있는 마차의 마부석
에 앉아 일행을 내려다보고 있었다.

미리 물어라도 볼 것이지!

진유청은 마차에 타고 싶지 않았으나 상황이 상황이고
무엇보다 무공이 약한 소운찬이 계속해서 달리는 건 무리인
지라 어쩔 수 없이 마차 짐칸에 탈 수밖에 없었다.

진유청의 시선이 쌜쭉하니 모팔에게 향한다.

모팔은 진유청과 눈이 마주치자 어색하게 웃음을 흘렸다.

자기 딴엔 자신들의 인원이 제법 많으니 마차를 타고 이
동하는 게 훨씬 나을 거라 생각해 한 일인데, 진유청이 그
렇게나 마차 타는 걸 싫어하는진 몰랐던 거다.

모팔은 자기가 마부석에 앉아 갈 것을, 자신이 마차를 몰
면 오히려 눈에 띌 거라며 부득불 우겨 자기가 앞자리로 간
치호가 원망스러웠다.

"뭐… 모팔 아저씨 탓은 아니니까."

내 연약하고 여린 엉덩이가 문제인 거지.

진유청이 모팔이 안절부절못하는 모습에 뜨거운 시선 보
내기를 멈추며 중얼거리자 전혀 의외의 곳에서 기대하지도
않은 대답이 들려왔다.

"그래, 미안하구나. 모두 다 내 탓이다."

헉!

장문인 아저씨는 또 왜 그러세요……!

소운찬의 말에 진유청이 답답해 죽으려고 한다.

과거 삶에서 자신은 하늘에 비가 내려도 길을 가다 똥을 밟아도 다 이현 형님 탓이라며 모든 걸 그에게 뒤집어씌우고 미워했다.

한데 이 사람은 세상이 내일 멸망한다면 그것도 자기 탓이라며 다른 이들에게 미안하다고 할 사람이다.

말하자면 과거 자신도 정상은 아니지만 명색이 화산파 장문인이라는 이 사람도 그리 정상 같아 보이지 않는 거다.

"너무 커, 너무."

어차피 사람은 제각각 다르고, 소운찬을 비난할 수 있는 자격이 있는 이는 아무도 없다는 걸 알지만…….

필요 이상으로 너무 크기만 할 뿐인 저 그릇 안으로 기어들어 간 한수가 물도 없이 허우적거릴 생각을 하니 벌써부터 속이 터진다.

장문인이 아니라 학자나 도인이 됐으면 딱 좋았을 사람인데, 전대 장문인께서 대장로 악기태를 너무 믿은 듯.

그는 아마 사제인 악기태가 제자의 비어 있는 곳을 채워 줄 거라 생각한 것 같았다.

능력 있는 사람을 주인 자리에 앉히면 그릇이 큰 이는 뒷전이 돼 잊혀지니, 아예 그릇이 큰 이를 주인 자리에 앉혀 능력 있는 자로 하여금 보좌를 하게 한 듯하지만……. 사람의 욕심이 얼마나 크고 무서운지까지는 미처 예상치 못했나 보다.

만약 그의 생각대로 흘러갔다면 화산은 지금의 화산과는 사뭇 다른, 사람 냄새 나는 화산이 됐을지도 모르나 어차피 되돌릴 수 없게 지나간 일.

당장은 너무 큰 화산 장문인에 대한 걱정보다는, 자신들이 살길부터 찾아야 한다.

"무림맹에 화산에. 잡히지 않고 빠져나갈 수 있을까?"

무당 분들과 만나게 되면 위험이 좀 덜해지긴 할 텐데, 그렇다 해도 무림맹에서까지 나섰다는 건 예상한 것 이상으로 일이 커질 거라는 징조다.

"무림에 한바탕 소용돌이가 일겠군."

진가장 혈사도 아니고, 불귀곡 혈겁도 아니고…….

당양지사(當陽之事).

과거엔 없었던 일로 무림 전체가 발칵 뒤집어지게 생겼다.

드드득, 드드득!

마차 바퀴 굴러가는 소리만 요란한 가운데 진유청 일행을 실은 마차가 계속해서 앞으로 나아갔다.

第十一章

위기!

"무림에 변고가 있다 들었다."

황제 주찬성의 말에 대전 바닥에 부복해 고개를 숙이고 있는 이가 대답한다.

"네. 심려를 끼쳐드려 송구스럽사옵니다."

"왜 그런 말을 하느냐. 분란을 만들어 칼질 하는 걸 좋아하는 무림인들의 난폭한 성정 탓이지."

마음에 들지 않는 일이 발생했는데도 불구하고 황제가 화를 내지 않고 오히려 부드러운 어조로 다독이는 말을 한다.

이런 일은 황궁에서 극히 드문 일로 오직 황제의 의제 환성만이 받을 수 있는 특혜였다.

“네 탓이 아니니 거기에 대해선 마음 쓰지 말거라.”

“황공하옵나이다.”

환성이 바닥에 이마를 대며 외친다.

“이번 일로 연이상단의 행사에 크게 차질을 빚겠구나.”

황제는 연이상단으로 황실의 재정을 풍족히 함과 동시에 상권이 미치는 모든 영역을 감시하려 했다.

그리고 최후의 목표로 무림세력을 황궁 휘하로 거둬들이려 했는데, 이것은 아주 은밀하고 천천히 진행 되는 극비사항이라 할 수 있었다.

“그런 일은 없도록 최대한 노력하겠사옵니다.”

“너무 무리는 하지 말고.”

황제는 냉기가 누그러진 따스한 눈으로 환성을 바라본다.

절대 다른 이의 말은 듣지 않고 제 뜻대로만 행하는 황제를 단 한 번 멈출 수 있는 이가 있다면 그는 환성일 거라 수군대는 세간의 소문은 거짓이 아니다.

“무림이 혼란에 빠지면 오히려 우리에겐 기회가 될 수도 있사오니 연이상단의 일이 더 바빠질 것 같사옵니다. 앞으로 황궁에 들리는 일이 줄어들어도 마음 상하시는 일이 없으셨으면 하옵니다.”

“하하, 의제는 아직도 내가 그런 걸로 토라지는 줄 아는 겐가?”

“예전엔 그러지 않으셨사옵니까?”

"그래. 예전엔 그랬지. 아주, 예전이지만. 기억도 잘 나지 않는군."

황제의 눈동자가 차가워지지만, 그래도 다른 이들을 쏘아볼 때 드러나는 잔혹하고 광포한 기운은 담겨 있지 않다.

그저 조금 전보단 낮게 가라앉아 짙은 빛깔을 띠고 있을 뿐.

"저는 이만 가 보겠사옵니다."

환성의 말에 황제가 고개를 끄덕이며 손을 내젓는다.

"그러도록 하여라. 건강에 신경 쓰고."

그답지 않게 끝까지 세심하게 배려하는 황제의 말에 환성이 고개를 깊숙이 숙여 보인 뒤 대전을 나섰다.

"폐하께서 크게 진노하실 줄 알았는데 역시 상단주님께는 다르게 대하시는군요."

환성의 최측근 중 하나인 막수곤이 밖에서 기다리고 있다 주인이 나오자 천천히 다가가 말을 한다.

"내게는 괜찮다하셨지만 분명 진노가 크실 게야. 그 성정에 참으시느라 진땀 좀 흘리셨겠지."

환성 자신에게 화난 건 아니지만 무림의 상황이 뜻대로 돌아가지 않고 또 말썽이 일어나니 약이 오르셨을 터.

그런데도 불구하고 자신에겐 분풀이를 하기 싫으니 참고

다음 먹잇감이 들어오길 기다리고 계시겠지.

환성이 희미하게 웃는다.

막수곤은 가끔 환성을 이해할 수 없었다.

그것은 주익이 환성의 행동에 의아함을 품는 것과 마찬가지의 이유다.

그는 모든 걸 다 가졌고, 황제 폐하를 대하는 마음 또한 진심임이 분명한데 그럼에도 불구하고 황제의 모든 것을 잔혹하게 빼앗으려 한다.

"나를 재지 마라. 사람 사는 모습이 어찌 다 같을까. 같은 감정도 백인백색 표현하는 방법이 다르지 않더냐."

환성의 말에 자신의 표정에 생각이 드러났나 싶었던 막수곤이 다급히 대답했다.

"네, 상단주님. 명심하겠습니다."

환성은 상과 벌이 확실한 사람이다.

보통 땐 봄날의 훈풍처럼 따스한 사람이지만 벌을 줘야 할 땐 눈물 흘리면서도 목을 치라 하는 분.

어깨를 나란히 하고 걷는 두 사람 사이에 대화가 끊어졌다.

침묵 속에 이어지던 발자국 소리 중 하나가 갑자기 멈춘다.

막수곤은 저도 모르게 한 발을 더 내밀어 몸이 앞으로 쏠렸으나 급히 동작을 정지했다.

"저기… 태자 전하께서 오신다."

환성의 말에 막수곤이 정면을 바라보니 과연 황태자 주태민이 맞은편에서 다가오고 있었다.

황태자의 뒤엔 그가 가는 곳이라면 어디든지 따라간다는 두 사람이 있었는데 바로 견성 나채환과 풍류공자 이경찬이다.

"저 두 사람이 황태자를 받치는 두 기둥이군."

연이상단의 행사에도 막대한 영향을 끼치는 이들이다.

저들만 아니었어도 황궁에서 황태자의 입지를 좁히는 게 한결 쉬웠을 것을.

저들이 황태자를 지키며 그가 아버지인 황제를 꼭 빼닮은 성격으로 주위를 상처 입히지 못하게 제어했다.

황태자 또한 저들만큼은 믿으며 신뢰했고.

"태자 전하는 저런 것까지 황제 폐하와 같으시네."

마치 현 황제가 황자였던 시절 환성 자신을 대하던 모습과 흡사했다.

"저들이 연이상단의 행사에 문제를 일으킨다면 곧 손을 써야 하지 않겠습니까. 화산이 말썽을 부려 연이상단을 지탱하던 한 축이 부러져 나갔으니 말입니다."

막수곤이 환성에게만 겨우 들릴 정도의 목소리로 속삭인다.

연이상단에선 화산과 점창, 모용세가의 무인들을 데려다

연이상단 소속 무사들에게 무공을 가르치게 함과 동시에 그들의 약점을 파고들었다.

그들 하나하나를 관찰하고 배경을 알아낸 뒤 회유하는 건 두말할 필요도 없고.

가끔은 보상을 약속하고 연이상단 내부의 일에 관여하게 했다.

그런 일들에 익숙해진 무인들은 자파로 돌아가서도 연이상단과 이어진 선을 끊을 수 없게 된다.

각 무림 거대문파를 내부에서 썩게 만들고, 동시에 연이상단은 능력 있는 무인들의 힘을 편히 빌릴 수 있는 일거양득의 수.

그러니 화산에 문제가 생기고 그 여파를 다른 문파들까지 받게 되면 아직 자립하기엔 부족한 게 많은 연이상단의 타격이 커진다.

환성은 연이상단이 무림맹의 거대문파에만 매여 있으면 이런 상황에서 자유로울 수 없다는 걸 알기에 대비할 수 있는 다른 수를 생각해 뒀었고, 그것이 바로 혈사방이다.

무림과 전혀 상관이 없는 나채환과 이경찬이 문제가 되는 게 바로 그 부분이었다.

환성은 황태자의 입지를 뺏고 황궁의 권력을 한 손에 틀어쥐어 혈사방주를 압박하려 했는데 저 두 사람으로 인해 그 일이 어려워지는 것이다.

"일단 두어라. 당장 화산의 일 때문에 연이상단의 행사에 차질이 빚어진다 해도 저들을 제거하기엔 시기상조다. 형부상서 이청강이 우리의 일을 파헤치고 있는 중이니 너무 눈에 띄는 사건이 벌어지면 더 곤란한 일이 생길지도 모른다."

"알겠습니다."

막수곤이 공손히 대답한다.

그는 환성의 생각이 그렇다면 그게 옳다는 믿음을 갖고 있었다.

"황궁을 나서면 서경왕 주익 전하께 갈 것이다. 가서 원형이를 데리고 나오자꾸나."

"혹시……?"

"그래. 혈사방으로 가야지. 그동안은 원형이의 안전을 위해 조금이라도 더 힘을 모은 뒤 가려고 일정을 계속 늦추기만 했지만 더는 어렵겠다."

이원형을 혈사방으로 데려가 소방주로 앉히는 건 그리 어렵지 않았다.

지금 가진 힘만으로도 충분했고 명분 또한 있었으니까.

그럼에도 환성이 주저한 건 혈사방주가 조금이라도 반항할 틈이 보이면 이원형의 안전에 해를 끼치지 않을까 해서였다.

환성은 자신이 혈사방주를 완전히 제압할 수 있을 때 원형을 혈사방으로 들여보내고 싶었던 거다.

하나 당장 상황이 나아질 게 아니라면, 이 이상 시간을 끌 필요가 없다.

"준비해 놓도록 하겠습니다."

성격이 까다로운 이원형이 가는 내내 상단주님의 마음을 불편하게 하는 일이 없도록 하려면 신경 쓸 일이 한두 개가 아니었다.

"그래, 잘 부탁하네."

환성이 막수곤에게 말한 뒤 길의 가장자리로 비켜선다.

황태자 주태민이 지척으로 다가왔기 때문이다.

"숙부, 황제 폐하를 뵈러 오셨습니까?"

"네. 태자 전하. 이제 막 가려던 참입니다."

"벌써 가시려고요. 나도 이제 막 왔는데, 좀 더 계시다 가시지 않고요."

주태민의 검은 눈동자가 환성을 직시한다.

환성은 시선을 아래로 내리깔아 그의 눈을 피했다.

겁이 나서나 회피하는 게 아니라, 주태민을 자극하지 않기 위해서다.

"할 일이 많이 남아서…… 이만 가 봐야 할 거 같습니다."

"연이상단이 무척 바쁘게 돌아가는 모양입니다."

“폐하와 태자 전하께서 신경 써 주신 덕에 손해는 안 보고 있습니다.”

“나는 아무것도 한 일이 없는 걸요. 모두 황제 폐하의 덕이겠지요.”

주태민의 목소리가 싸늘해진다.

두 사람 사이에 보이지 않는 신경전이 대단했다.

한 사람은 다음 대 황제가 될 태자이고, 한 사람은 현 황제가 아들인 태자보다 아낀다는 의제다.

황궁 권력의 두 축이 대립하니 황궁 내에도 파벌이 극심하게 갈렸다.

“폐하께서 기다리시겠습니다. 어서 대전으로 들어가 보시지요.”

환성이 인사를 남긴 뒤 황태자의 대답을 기다리지 않고 먼저 자리를 피했다.

황태자가 멀어지는 환성의 뒷모습을 노려본다.

“전하, 들어가셔야지요.”

이경찬이 혀를 차며 황태자를 달랜다.

“흥! 황제 폐하께서 그토록 아끼시는 의제를 보셨으니 아들인 내가 눈에나 들어오시겠느냐.”

비비 꼬인 말이 툭 뱉어진다.

“어서요. 무림의 일도 있고, 폐하의 심기가 불편하실 때 아닙니까.”

이경찬이 두 손을 허리에 짚고 닦달을 한다.

나채환은 말 대신 황태자의 등을 손으로 민다.

"하여간 귀찮은 녀석들."

황태자가 인상을 찡그리면서도 가던 길을 마저 걷기 위해 발을 내딛었다.

☯　☯　☯

"으아악! 좀이 쑤셔!"

진유청이 마차 안을 굴러다닌다.

"도망치는 와중에도 좀이 쑤시다니. 대단하다."

오자경이 핀잔을 주지만, 그도 마차 안에 구겨진 채 오래 있었더니 뼈마디가 욱신거리는 거 같았다.

"차라리 마차 버리고 달려가자니까요?"

진유청이 일행을 꼬드긴다.

그는 아직도 마차에서 내려 제 발로 달리고 싶다는 미련을 버리지 못했다.

그도 그럴 것이 치호는 아주 훌륭한 마부였던 거다.

길을 찾고, 말을 모는 것도 기대 이상이었지만 가장 뛰어난 점은 마차가 가기 어려울 거 같은 길도 거침없이 달렸다.

진유청이 차라리 마차가 부서졌으면 좋겠다는 생각을 했

을 만큼.

덕분에 엉덩이에 든 멍은 살짝 손으로 누르기만 해도 온몸이 부들부들 떨릴 만큼 짜릿한 통증을 전해 줬다.

"조금만 참아라. 이제 곧 당양을 넘어설 게다. 그러면 그땐 마차를 버리고 변장을 하여 이동하자꾸나."

강수의 말에 진유청이 낙담하여 마차 바닥에 얼굴을 처박는다.

인원수가 적지 않다 보니 보통 마차가 아닌, 네모난 상자 모양으로 나무를 짜 맞춰 수레 위에 얹은 커다란 짐마차를 이용해야 했기에 사람을 위한 물건은 하나도 없고 하다못해 의자도 없었다.

다들 양 가장자리 구석에 엉덩이를 쑤셔 박고 나무로 된 벽에 등을 기댄 채 최대한 진동을 줄여야 했다.

아마 마차에서 내리고 싶은 마음은 진유청 못지않을 터.

다만 자신이 어른이라고 생각하니까 내색하지 못할 뿐이다.

덜컹!

또다시 마차 바퀴에 커다란 돌이 채인 듯.

"끄으응."

동시에 진유청의 신음 소리가 잇새에서 흘러나왔다.

그는 정말 울고 싶었다.

온몸의 솜털이 바짝 선 것 같은…… 으응?

그건 마차를 타서 아픈 거랑은 상관이 없는…….

바닥에 얼굴을 처박고 있던 진유청이 갑자기 몸을 번쩍 일으켰다.

"조심해요!"

좀 전에 엄살을 피우며 아프다고 생난리를 치던 것과는 전혀 다른 모습이다.

진유청이 경고를 하자마자 일행이 잔뜩 긴장하여 제 무기를 손에 쥐고 경계태세를 갖췄다.

"마차는 이래서 안 좋다니까. 이리로 화탄 하나 던지면 우리 다 같이 사이좋게 하늘나라로 가는 거잖아요."

이런 상황에서도 끝까지 마차에 대한 안 좋은 감정을 풀어 내는 걸 보면 진유청도 집요한 구석이 있는 듯.

"옵니다!"

진유청이 치호가 앉아 있는 마부석 쪽으로 다가가 그와 자신 사이를 가로막고 있는 나무로 된 벽을 주먹으로 세 번 두들겼다.

원랜 위험한 게 나타나면 치호가 자신들에게 신호를 주기로 했으나 반대로 진유청이 먼저 알아냈으니 그에게 조심하라 알려주는 거다.

그리고.

슈아아악!

뭔가가 마차를 향해 날아왔다.

콰쾅, 쾅!

마차가 크게 흔들린다.

이히히히힝!

달려가던 말들이 뒤에서 들려온 굉음에 놀라 앞발을 높이 들고 하늘을 향해 울어 젖혔다.

"뭐야? 화탄이라도 던진 거야?"

마차 안에서 데굴데굴 구른 진유청이 기겁을 하지만 화탄이었다면 벌써 자신들은 다 산산조각이 났으리.

텅, 터엉!

적들의 공격도 공격이지만, 놀란 말들이 미친 듯이 날뛰자 마차가 이리저리 부딪치며 쏜살같이 달려간다.

이대로는 어딘가에 부딪쳐 더 큰 상처를 입게 될지도 모른다.

일행이 서로 시선을 교환하고 숫자를 센다.

그렇게 동시에 다섯까지 센 그들이 마차에서 뛰어내리기 위해 뒤편을 통째로 열고 닫게 돼 있는 짐마차의 문을 여는데…….

"다시 닫으면 안 될까?"

열린 문틈 사이를 빼꼼히 내다본 진유청이 일행을 돌아보며 묻는다.

오자경이 그런 진유청을 향해 고개를 저으며 인상을 쓰자 진유청이 한숨을 푹 쉬고 문을 활짝 열어젖혔다.

"잡아라!"

"저놈들을 놓쳐선 안 돼!

진유청 일행이 타고 있는 마차를 쫓아 달려오는 무인들이 보인다.

"저게 몇 명이냐?"

"저걸 다 어떻게 세냐?"

장웅과 오자경이 넋을 놓고 중얼거린다.

그냥 얼핏 봐도 확실히 많았다.

"화산파의 추격대는 아닌 거 같은데 대체 어디서 나타난 놈들이지?"

강수가 눈살을 찌푸리며 중얼거린다.

"확실한 건 하나 있네요."

진유청의 말에 일행의 시선이 그에게 향한다.

진유청이 흰 이를 드러내며 씨익 웃었다.

"우리가 완전 엿 됐다는 거요."

이히히히힝!

말들의 비명 소리가 더욱 크게 울려 퍼졌다.

〈『귀환! 진유청!』 제8권에서 계속〉

귀환! 진유청!

1판 1쇄 찍음 2011년 6월 3일
1판 1쇄 펴냄 2011년 6월 8일

지은이 | 로 토
펴낸이 | 정 필
펴낸곳 | 도서출판 뿔미디어

기획 | 이주현, 문정흠, 손수화
편집책임 | 장상수
편집 | 이재권, 심재영, 조주영, 주종숙, 이진선
관리, 영업 | 김기환, 김미영

출판등록 | 2002년 9월 11일 (제1081-1-132호)
주소 | 부천시 원미구 상3동 533-3 아트프라자 503호 (우)420-861
전화 | 032)651-6513 / 팩스 032)651-6094
E-mail | BBULMEDIA@paran.com
홈페이지 | www.bbulmedia.com

값 8,000원

ISBN 978-89-6639-112-7 04810
ISBN 978-89-6359-513-9 04810 (세트)